KUU TAIVAALTA
JA MUITA TARINOITA

© 2020 Merja Tirkanen
Taitto ja kansi: Books on Demand
Kustantaja: BoD – Books on Demand, Helsinki, Suomi
Valmistaja: BoD – Books on Demand, Norderstedt, Saksa
ISBN: 978-952-80-3879-5

KUU TAIVAALTA
JA MUITA TARINOITA

MERJA TIRKANEN

Kuu taivaalta ja muita tarinoita

SYNTYMÄ

Liisa odotti ensimmäisen lapsensa syntymää suuresti peläten. Hän pelkäsi sairaaloita ja hän pelkäsi synnytystä. Liisa tiesi järjellään synnytykseen liittyvät asiat, mutta siitä ei paljon apua ollut. Raskauden edetessä loppuaan kohti hän kuvitteli usein mielessään, miten sekä lapsi että hän itse kuolisivat vieraassa paikassa vieraiden ihmisten keskellä.

Suunnitellessaan raskautta Liisa oli vieroksunut ajatusta, että joutuisi luovuttamaan ruumiinsa lapsen kasvupaikaksi ja muuttuisi itse rumaksi ja muodottomaksi. Se oli kuitenkin ollut aika helppoa kestää. Heti kun lapsen liikkeet olivat alkaneet tuntua, Liisa oli mieltynyt uuteen ja outoon olotilaansa. Vaikeampaa oli ollut kestää se, miten lapsen olemassaolo alkoi vallata hänen mieltään. Tieto siitä tunkeutui ajatuksiin, tunteisiin ja kuvitelmiin ja vaikutti lopulta myös tapaan, jolla hän ulkomaailmaa havainnoi. Työntekoa oli ollut vaikea jatkaa kunnolla edes äitiysloman alkuun saakka, koska kaikki, mikä ei liittynyt vauvoihin ja niiden odotukseen, alkoi vähitellen tuntua jokseenkin yhdentekevältä.

Muiden seurassakin Liisa oli kääntynyt puolittain sisäänpäin, kuulosteli omaa ja lapsensa oloa ja jutteli mielessään lapsensa kanssa.

Lapsi ei syntynyt päivänä, jona lääkäri oli arvioinut sen syntyvän eikä myöskään sitä seuraavina päivinä. Viikon kuluttua Liisan paperit siirrettiin neuvolasta äitiyspoliklinikalle. Itse hän kävi siellä parin päivän välein vaihtuvien terveydenhoitajien ja lääkärien tutkittavana. Siedettävintä oli lojua tarkkailtavana koneessa, joka piirsi kuvaa lapsen sydänäänistä. Sairaalassa sanottiin aina, että kaikki oli hyvin ja Liisa oli vain erehtynyt ajankohdasta, jolloin lapsi oli saanut alkunsa. Liisa tiesi itse, ettei siinä mitään erehdystä ollut, koska hän oli nähnyt kyseisenä yönä tähdenlennon taivalla, mutta sellaista asiaa oli kovin vaikea selittää lääkäreille. Kerran hän yritti eikä yrittänyt toiste.

Kun ei mitään pystynyt tekemään, Liisa yritti olla ajattelematta koko asiaa. Hän loikoili päivät sohvalla lueskellen ja herkkuja syöden aina vain suurempana. Lapsi liikahteli painavana hänen sisällään. Liisa ajatteli, ettei se tahtonut tulla pois kohdun rauhasta. Ei hänelläkään ollut mitään kiirettä lopettaa heidän onnellista yhteiseloaan. Hän osteli aina vain isompia mekkoja itsensä ja lapsensa suuruuden suojaksi ja ompelutöihin ryhtymättä leikkasi helmasta ja hihoista liiat pituudet pois. Käydessään jääkaapilla ruoanhaussa hän ihasteli raskaan ruumiinsa aiheuttamaa töminää lattioilla. Hän oli saanut kolmekymmentä kiloa lisää painoa, ja se tuntui totisesti upealta.

Kun kymmenen kuukautta oli kulunut heidän yhteiselostaan, Liisaa alkoi hermostuttaa. Keskusteltuaan mielessään lapsensa kanssa asiasta he päättivät syntyä eroon toisistaan.

– Sanokaa toki lääkärille, ettette kestä tätä enää, sanoi muuan vanha kätilö, joka äitiyspoliklinikalla sattui katsomaan Liisaa kasvoihin. Liisa yritti.

– Miksi lapsi ei synny? hän kysyi päästyään lääkärin tutkittavaksi. – Johan sen olisi pitänyt tulla jo viikkoja sitten maailmaan.

Lääkäri hymyili. Hän opetti parhaillaan synnytysopin salaisuuksia nuorelle punastelevalle neitokaiselle ja oli suopealla tuulella.

– Ne syntyvät kun syntyvät, hän tokaisi. – Kaikki on niin yksilöllistä. Jotkut tulevat useita viikkoja aikaisemmin ja jotkut viikkokausia myöhemmin. Nykyaikana ei mennä liikoja sotkeutumaan luonnon omiin asioihin.

Nuori nainen hymyili ihaillen.

Jonottaessaan pääsyä tarkkailukoneeseen Liisa päätti yrittää uudestaan. Kone ehkä ymmärtäisi paremmin kuin lääkäri, minkälainen luonnonjärjestys Liisan ja lapsen elämässä vallitsi. Lapsi tuntui olevan samaa mieltä ja halukas yhteistyöhön.

Pian Liisan päästyä tarkkailukoneeseen lapsen sydänäänikäyrä tipahti matalalle tasolle. Syntyi hälinää, ja äskeinen lääkäri joutui tulemaan paikalle juosten. Kuultuaan, että synnytys autettaisiin alkuun lääkkeellä ja että hän pääsisi heti sisään sairaalaan, Liisa huokasi helpotuksesta. Lapsenkin sydänkäyrä palautui normaalille tasolle.

Liisa valmisteltiin synnytykseen ja kärrättiin huoneeseen, jonka nurkassa odotti vauvansänky.

Sitten ei tapahtunutkaan mitään. Liisa soitti miehelleen, selitti tilanteen ja komensi tämän seurakseen odottamaan.

– Ei sunkaan sillä niin kiirettä ole, sanoi mies hermostuneena. – Aloin juuri rakentaa vauvalle hoitopöytää. Kaikki tarvikkeetkin on niin sopivasti tässä esillä. Jos tulisin vasta muutaman tunnin päästä.

– Sun on pakko tulla heti, sanoi Liisa. – Tule nyt seuraksi, kun täällä on niin kurjaa. Kyllä se joskus tänään kumminkin syntyy.

Mies huokasi, mutta lupasi lopulta tulla.

Liisa odotti ja odotti, mutta mitään ei vieläkään tapahtunut. Lapsi vain liikahteli normaaliin tapaan hänen sisällään. Kätilöksi esittäytyvä nainen piipahti kerran katsomassa. Nuori mieslääkäri, joka ei esitellyt itseään, kävi lukaisemassa Liisan paperit ja ilmoitti ohimennen hoitavansa synnytyksen. Liisa ei pitänyt heistä kummastakaan, eikä pitänyt lapsikaan.

Viimein aviomies ilmestyi paikalle hämillisen näköisenä. Hänellä oli suihkumyssyn näköinen päähine päässään, liian pieni kaapu yllään ja rohkaisevaksi tarkoitettu vääntynyt virnistys kasvoillaan. Liisa tuijotti häntä hetken kuin omaa groteskia peilikuvaansa ja purskahti raikuvaan nauruun. Hän nauroi ja nauroi, kunnes oli tikahtua omaan naurunkaakatukseensa. Lopulta hän joutui ponnistelemaan istualleen saadakseen haukatuksi henkeä välillä. Samassa huone tulvahti täyteen ihmisiä.

– Mitäs täällä tapahtuu? huusi paikalle ensimmäisenä ehtinyt nuori naislääkäri. – Mikä oikein on vinossa?

– Sydänäänet rojahti kerta kaikkiaan, puuskutti kätilö pullapala suussaan.

– Vähän vaan nauroin, sanoi Liisa pelästyneenä.

– Hengittäkää, rauhoittukaa! huusi naislääkäri, kaatoi Liisan ripeästi selälleen ja paiskasi happinaamarin hänen kasvoilleen. Enää hän ei pystynyt puhumaan eikä nauramaan. Mies tuijotti häntä kauhuissaan suihkumyssy toiselle korvalle valahtaneena.

– Mitä sä täällä teet, tää on mun synnytys! huusi nuori mieslääkäri jouduttuaan viimeisenä paikalle.

– Sydänäänet tipahti, käyrä kulki äsken pitkän aikaa ihan alatasolla, sanoi naislääkäri. – Tää on kyllä leikattava ja heti.

– No johan se käyrä näyttää palautuneen, sanoi mieslääkäri monitoria silmäillen. – Tää on mun synnytys ja mä hoidan tän. Koskaan ei pidä mennä turhaan leikkaamaan.

– On leikattava, intti naislääkäri. – Tää on reippaasti yliaikainen eikä enempiä riskejä voi ottaa.

– Leikkauksessa niitä riskejä vasta onkin, sanoi mieslääkäri. – Johan mä sanoin, että minä hoidan tän.

Liisa kuunteli happinaamarinsa alta huolissaan. Lapsi oli vaarassa, ja lääkärit vain kiistelivät keskenään.

– Haluatko maailmaan helposti? hän kysyi ääneti lapselta, ja se vastasi myöntävästi. Liisan sisikunta päätti luopua lapsesta ja pulpautti synnytyspöydän märäksi.

– No, nyt lapsivesi tuli, ja se on ihan vihreetä! huusi naislääkäri. – Mähän sanoin, että tää on hätätilanne.

– Okei, sä voitit, tokaisi mieslääkäri ja poistui paikalta.

Liisaa ruvettiin valmistelemaan leikkaukseen työntämällä häneen pari letkun päässä olevaa piikkiä.

– Pidä vaan pintasi, sanoi Liisa lapselle. – Käyttäydy asiallisesti, hän muistutti itseään.

– Katso nyt perkele edes sinä toiseen suuntaan, hän karjaisi miehelleen pelon ja tuskan tuikatessa reiän hänen lävitseen.

– Jäi kovin lyhyeksi tämä meidän yhteistyö, valitteli kätilönainen kahvintuoksuineen. Pullapalasensa hän oli viimein onnistunut nielaisemaan.

– Onnea matkaan, toivotti nuori naislääkäri. Liisa letkuineen ja lapsineen nostettiin usean hengen voimin paareille ja vietiin pois. Pelästyneenäkin Liisa jaksoi ihastella omaa painoaan.

Leikkaussalissa on rauhallista, hiljaista ja kirkasta. Kaikilla on naamari kasvoillaan, ja Liisankin olo happinaamarin alla kohenee. Hänelle puetaan myssy päähän, ja vielä yksi piikki pistetään hänen ruumiiseensa.

– Ei tarvitse pelätä, sanoo nukutuslääkäri. – Ei ole enää mitään hätää.

Liisan ruumis halvaantuu rintojen alapuolelta eikä lapsenkaan liikkeitä enää tunnu.

– Aa tuuti lasta, kissa se tuli vastaan, laulaa nukutuslääkäri matalalla äänellä. – Onkos se lapsi säikähtännä illalla saunatiellä? Kohta lapsi syntyy.

Liisa tuntee halvaantuneessa ruumiissaan, miten veitsi viiltää hänet auki. Pikkutyttönä hän istui usein rantakivellä katsomassa, kun äiti perkasi kaloja. Äiti piti kalojen perkauksesta ja hyräili aina tyytyväisenä itsekseen. Hän nappasi vadista kalan toisensa jälkeen, viilsi mustapäisellä puukollaan vatsan auki kurkusta peräpäähän ja koukkaisi sisälmykset ulos yhdellä puukonliikkeellä. Liisa ei koskaan elämänsä aikana pystynyt perkaamaan ainuttakaan kalaa, mutta kammostaan huolimatta hänen oli aina pakko mennä katsomaan äidin perkauspuuhia. Joskus kalan sisältä löytyi puoliksi sulanut pienempi kala. "Kas mokomaa, ahmaissut pienemmän, mutta pääseepäs nyt itsekin pataan," naurahti äiti, heilautti pikkukalan jäännökset sisälmysten kanssa toiseen vatiin ja peratun kalan toiseen.

– Nyt syntyy pää, sanoo nukutuslääkäri hiljaa. – Ja nyt olkapää ja käsivarsi. Nyt se tulee sieltä kokonaan. Se on poika.

Ilman täyttää vimmastunut kiljunta. Jotain punaista ja sätkivää vilautetaan Liisalle. Sitten se juoksutetaan sivuun lääkärin tutkittavaksi. Katonrajaan syttyy iso loistava tähti, ja enkelikuoro laulaa hymniä. Sävelmä on epämääräisen tuttu, mutta kuoro laulaa latinaksi, niin ettei Liisa tunnista laulua.

Hoitajat ja lääkärit juttelevat jotain arkisen ystävällistä, tähti alkaa himmetä ja kuoro katoaa.

Lapsi tuodaan vihdoin Liisan luokse ja nostetaan hänen rinnoilleen. Se näyttää ihan tavalliselta vauvalta. Se ei näytä hirviöltä eikä vioittuneelta, mutta ei myöskään jumalten sanansaattajalta, sydämen liekiltä eikä osalta häntä itseään.

– Hei, muukalainen, sanoo Liisa ääneti lapselleen ja silittää sormellaan varovasti sen poskea.

– Tunnetko sinä minua enää ollenkaan?

Lapsi tuijottaa häntä sinisellä katseellaan, ja kaukaa kuin kilometrien päästä, viestittyy vastaus vieraalla käheällä äänellä:

– En tunne. En muista enkä tiedä. En ymmärrä mistään mitään.

Se sulkee silmänsä, ja se viedään pois.

Yöllä Liisa makasi kapealla sängyllä pimeydessä toisten naisten keskellä. Oli käsketty nukkua. Lasta oli käytetty hetken hänen vierellään. Se oli tuntunut ja tuoksunut oikealta, vaikka ulkonäkö oli edelleenkin Liisalle vieras. Liisa arveli, ettei se ollut ymmärtänyt hänen puhettaan enää ollenkaan. Se oli vastannut hänelle jollakin oudolla kielellä ja viety pian taas häneltä pois.

– Kekyj arabassi tomasii. Nes bulirum, mutisi Liisa itsekseen lapsen puhetta muistellen. Jotain se kumminkin oli yrittänyt sanoa hänelle. Oli kummallista, etteivät he lapsen kanssa enää puhuneet samaa kieltä, mutta ehkä he löytäisivät sen uudelleen.

Leikatun ja kokoon kursitun vatsan aiheuttama tuska esti häntä nukkumasta tai edes kääntymästä. Jalkojaan hän kuitenkin pystyi taas liikuttamaan. Hän oli edelleenkin kiinni letkuissa eikä päässyt lähtemään minnekään sängystä. Tuskinpa hän olisi halunnutkaan. Kipu yltyi vähitellen niin kovaksi, että hän soitti hoitajan paikalle.

Pimeän huoneen ovi livautti lävitseen pisaran valoa ja tanakan tummatukkaisen hoitajan.

– Vai koskee, kuiskasi hoitaja. – Ette te mitään lääkkeitä nyt tarvitse. Ettekö te osaa yhtään rentoutua?

Hoitajan tylyys sai Liisan mykistymään.

Hoitajan kiiruhtaessa pois Liisa huomasi, että kipu oli tyrmistyksestä hetkeksi kadonnut. Pian se kumminkin palasi entistä kovempana. Joku huoneessa havahtui Liisan pidäteltyyn voihkintaan ja kävi hakemassa hoitajan.

Tämä tuli uudestaan Liisan luokse ja näytti niin vihaiselta, että Liisa jäykistyi pelosta.

– Yrittäkääs nyt vaan rentoutua, hoitaja sanoi. – Te häiritsette muita äitejä. Kaikkiin synnytyksiin liittyy kipua jossain vaiheessa. Jos homma hoituu leikkauksella, kivut tulevat sitten myöhemmin. Ettekö te edes ammattinne puolesta mitään ymmärrä? Liisa oli hiljaa ja häpesi. Hän oli ollut kelvoton synnyttäjä, ja nyt hän oli vielä häpäissyt oman ammattikuntansakin, kun suotta uikutti ja kuvitteli, että haavaan koski.

– Yörauhaa nyt sitten toivottavasti kaikille, sanoi hoitaja kovempaa. – Älkääkä soitelko hälytysnappia turhan takia. Minä todellakin toivon, että jokainen osaisi ottaa huomioon myös potilastoverinsa. Uudet äidit kaipaavat kaikki unta.

Ovi sulkeutui taas, ja pimeys peitti huoneen ja nukkumista yrittävät naiset. Liisakin yritti saada unta, mutta leikkaushaavaa särki sietämättömästi.

Avautuukohan ompelukohta, jos yritän kääntyä kyljelleni? hän mietti ja rohkaistui viimein kokeilemaan. Hoitajalle ainakin on oikein, jos sisälmykset purskahtavat petivaatteille, ja se joutuu ne sitten siivoamaan.

Yrityksen aiheuttama tuska sai hänet rojahtamaan ulvaisten takaisin selälleen. Siihen hän jäi hiljaa voihkimaan kerätessään rohkeutta uutta yritystä varten. Oli sietämätöntä maata tuntikaupalla samassa asennossa voimakkaan kivun kynsissä.

Joku soitti hälytyskelloa ja komensi hoitajaa auttamaan Liisaa, tai hän kertoisi aamulla kaikille, miten huonosti täällä kohdellaan potilaita. Hoitaja kiirehti Liisan vuoteen viereen ja veti verhot kummaltakin puolelta kiinni. Sanaakaan sanomatta hän työnsi Liisaan lääkeruiskeen. – Liika lääkitys on pahaksi niin teille kuin lapsellekin, sitähän minä vain, hän sanoi. – Liika lääkitys on aina pahaksi. Mutta tämä lääke kyllä auttaa, jos nyt kerran niin paha on olla. Pääsette vihdoinkin vähän rentoutumaan.

Hän veti lääkeruiskun pois, vilkaisi Liisaa ja tuhahti.

– Seuraava keisarinleikkauspotilas saakin sitten viettää yön käytävällä, niin ei tule enää tämmöistä sirkusta, hän sanoi kovalla äänellä ja laahusti huoneesta uupunutta yövartiotaan jatkamaan.

Liisa ei jaksanut välittää enää muusta kuin siitä, että kipu lakkaisi. Viimein se vaimeni siedettäväksi, ja hän nukahti.

Aamulla Liisa pääsi pois letkuista, ja hänet raahattiin suihkuun.

– Suihkussa on käytävä päivittäin, suolen on toimittava päivittäin, kädet ja rinnat on pestävä aina, ennen kuin koskee lapseen, opasti nuori reipas hoitaja.

Liisa oli iloinen huomatessaan, että kävelykyky oli vielä tallella, eikä vatsa revennyt halki ainakaan heti.

Vielä iloisempi hän oli saadessaan lapsen vihdoinkin pitemmäksi aikaa käsivarrelleen.

– Simeoni, hän kuiskasi sille hiljaa. – Oletko sinä Simeoni?

Lapsi avasi silmänsä.

– Ei Simeoni. Kekyj arabassa. Omarii, amorii, vastasi lapsi.

– Ole mikä olet, ainakin sinä tuoksut hyvältä, sanoi Liisa ja kosketteli tutkien sen pieniä sormia ja pehmeätä mustaa tukkaa.

– Kekyj koi bani nissi et savariska, hän sanoi lapsen kieltä jäljitellen.

Lapsi liikahti lähemmäksi häntä.

– Omituinen lapsi, sanoi lapsenhoitaja viereltä. – Koko yön se valvoi kattoa tuijotellen, mutta ei itkenyt yhtään. Mahtaisikohan se olla vaihdokas, vähän peikonverta suonissaan?

Liisa vilkaisi hoitajaa nopeasti. Lapsen ja hänen keskustelua ei kukaan ulkopuolinen pystynyt kuulemaan, mutta jotakin tuo lapsenhoitaja saattoi silti ymmärtää. Hoitaja hymyili hänelle ystävällisesti.

– Annetaan sen nyt nukkua vähän pitempään siinä äitinsä lämmössä, kun näyttää niin tyytyväiseltä, hoitaja sanoi.

Liisa katsoi hämmentyneenä syliinsä nukahtanutta lasta.

– Olenko minä tuon äiti? hän ihmetteli. – Minä kasvatin sen ruumiissani ja se kaivettiin esiin minun sisältäni, mutta minä en sitä synnyttänyt. Minun puhettanikaan se ei enää ymmärrä, juttelee vaan jotain omiaan.

– Kekyj, kekyj, hän toisteli itsekseen lapsen käsittämätöntä puhetta, lämpö levisi hänen ruhjottuun ruumiiseensa ja hän nukahti lapsen lohdulliseen läheisyyteen.

Ennen vierastunnin alkua mies tuli ja raahasi Liisan puoliväkisin tupakkahuoneeseen sairaalan kellariin. Liisa uikutti pelosta ontuessaan mieheen nojaten läpi useiden ovien ja pitkin kilometrin tuntuista käytävää hissille, joka vei heidät kymmenen kerrosta alaspäin kohti syvyyttä. Alhaalla oli vielä kaksi ovea ja pitkä käytävä, ja sitten he olivat vihdoin perillä. Tupakkahuone oli pieni jääkylmä koppero, jossa ilma ei juuri vaihtunut. Vetäessään keuhkoihinsa savua pitkän ajan kuluttua Liisa tunsi olonsa taas hiukan omaksi itsekseen.

– En mä kyllä uskalla tulla tänne yksin, hän sanoi.

– Katsotaan reittiä vielä kerran, kun mennään takaisin, sanoi mies. – En mä usko, että sä matkalla tuuperrut, vaikka toi laahustaminen aika kamalalta näyttääkin. Tuossa seinällä näyttää muuten olevan hälytysnappi. Saat hoitajan hetkessä paikalle, jos tarvitset apua.

Liisaa puistatti hänen muistaessaan viime yön ja hän vaihtoi nopeasti puheenaihetta. Oli turha kertoa Jussille asioista, joille tämä ei mitään mahtanut. Tummatukkainen hoitaja oli ehkä tylympi kuin muut tai sattunut vain olemaan pahalla tuulella, mutta enää hän ei totisesti aikonut anella apua keneltäkään tässä paikassa.

Tupakkareissulta palatessa huone oli siistitty vierastuntia varten. Vierailijoiden sisään tungeksiva lauma täytti sen hetkessä kukkineen ja kovaäänisine puheenpajatuksineen. Liisan vuoteen ympäröivät niin äiti, anoppi kuin velikin vaimoineen.

– Oi, miten ihana! Oi, miten ihana! huudahti anoppi.

– Sehän on ihan isänsä näköinen. Minun pojanpoikani, voi sinua kullannuppua, voi mummun omaa kultaa! Ihan kuin Jussi vauvana. Mutta kyllä sinä Liisa sitten näytätkin kurjalta ja kelmeältä, ihan säälittää katsoakin. Toin sinulle krysanteemeja ja pojalle vaatteita.

– No niin, sanoi äiti. – Näin tässä nyt sitten kävi. Minä ajattelinkin etukäteen, että näin siinä käy, ei sinusta Liisa pieni ole synnyttäjäksi, niin olet hento ja heiveröinen. Olisin kyllä voinut kertoa sen kelle vain, jos minulta olisi kysytty. Pääasia tietysti, että selvisitte molemmat hengissä, vaan kovin näyttää lapsikin vielä kalpealta. Toin sinulle kimpun pieniä ruusuja, vaikka eihän ne krysanteemien rinnalla tietysti miltään näytä. Äiti tarkasteli Liisaa, kumartui lähemmäksi ja nuuhkaisi syvään.

– Et kai sinä tyttö sentään haise tupakalta?

– Onneksi olkoon, onneksi olkoon, kailotti käly. – Noin komean pojan pyöräytit.

Hän vaikeni hetkeksi nolostuneena.

– Tai no niin, ethän sinä sitä nyt suorastaan pyöräyttänyt, mutta onnea nyt kumminkin.

– Me jo luultiin, että sä vain paisut ja paisut etkä ikinä päästä tota lasta maailmaan, kiirehti veli virnistellen sanomaan. – Pojankin vielä saitte, sitähän kaikki aluksi toivoo. Meillehän niitä tulla tupsahtikin sitten kolme peräjälkeen, mutta älä sinä semmoseen leikkiin sentään erehdy.

– Kyllä minä olen aina arvostanut kahta tyttöäni yhtä paljon kuin sinuakin, sanoi äiti. – Yhtä suuria tytöt olivat syntyessään kuin sinäkin, niin että sama urakka teissä kaikissa oli näin äidin kannalta. Nyt on kyllä parasta jättää Liisa rukka lepäämään, ei tuosta tiedä, millon taas jaloilleen pääsee, on niin heikko ja väsynyt.

Äiti hätisteli päättäväisesti kaikki pois ja lähti.

Viime hetkellä ennen vierastunnin loppumista sisko kiirehti vielä paikalle puuskuttaen ja jättimäistä hedelmäkulhoa raahaten. Kulho oli täynnä eksoottisia hedelmiä. Sisko asetti sen pöydälle tuupaten kukat huoletta

syrjään ja pysähtyi sitten dramaattisin elkein tuijotta-
maan vauvaa.

– Oi, hän viimein henkäisi. – Ihana. Voi, minä muis-
tan, tulee niin nostalginen olo, täällähän se minun Ar-
maksenikin syntyi. Täällä oli niin ihanaa, ihan kuin
navetassa silloin ensimmäisenä jouluna, minä ajattelin.
Kaikki se liika lämpö ja eläimelliset tuoksut ja vauvat.
Minustakin Armas oli ihan kuin Jeesus-lapsi ja minä
Maria. Kaikki hoitajat oli kamalan kilttejä, ruoka mau-
kasta ja tuotiin sänkyyn, ja sitten vielä kaikki ihmiset
toi lahjoja lapselle. Ihan kuin ensimmäisenä jouluna se
oli. Kyllä minun nyt käy sinua kateeksi.

– Kateelliset siskot päätyy varmaan kummeiksi, sanoi
Liisa heikosti hymyillen.

– Eikös se ole vanha tapa pahatarten lepyttämiseksi?

Sisko nauroi, ihaili vielä hetken lasta ja pyyhälsi sitten
huoneesta.

Vieraiden lähdettyä Liisa nosti nukkuvan lapsen sy-
liinsä ja tuijotti sitä synkkänä kauan. Kauhean pieni ja
avuton se oli, pääkin retkahti heti pahasti, jos ei muis-
tanut kunnolla nostaa. Helposti sen niskan kyllä nak-
sauttaisi poikki, jos tahtoisi, tai tulisi sellainen päähän-
pisto.

Vauva avasi silmänsä, tuijotti Liisaa hetken tumman-
sinisellä katseellaan ja alkoi karjua henkensä hädässä.

Toiset naiset näyttivät imettävän lapsiaan. Liisakin
työnsi kokeeksi rinnan vauvan suuhun. Se nappasi sa-
lamannopeasti kiinni ja imeä lutkutti hetken kiivaasti
hokien omarii- amorii-, kekyj-sanojaan.

Pian se päästi kumminkin irti ja alkoi karjua raivosta,
kun rinnasta ei mitään herunut. Hoitaja toi paikalle

pullon, ja Liisa ruokki ensimmäisen kerran lapsensa. Se näytti pitävän pullomaidosta.

Tummatukkainen hoitaja tuli seuraavana aamuna takaisin.

– Onkos suoli toiminut? hän tiukkasi Liisalta. – Ruokaa ei tule, ennen kuin suostutaan toimimaan säännöllisesti.

– Ei ole toiminut, mutisi Liisa nolona ja nälissään.

– Pannaan teihin vähän dynamiittia, jos ei muu auta, sanoi hoitaja, nauroi ja oli nauraessaan ruma.

– Mutta kylläpäs teillä on ihania hedelmiä, en ole noin houkuttelevia täällä nähnytkään. Älkää nyt kumminkaan ahmiko noita, ne vetävät vatsan veteläksi niin teiltä kuin vauvaltakin. Parasta on, kun lähetätte ne miehen mukana kotiin odottamaan. Aamulla tulen kysymään suolesta.

Liisa katseli kulhossa koreilevia hedelmiä, ja häntä itketti. Miten sisko oli saattanut olla niin ilkeä, että oli tuonut hänelle hedelmiä, kun kaikilla muilla oli pelkkiä kukkia? Eihän hän edes saanut syödä niitä.

Mies väitti, että hedelmät pilaantuisivat kotona ennen Liisan tuloa ja sanoi, ettei ymmärtänyt, miksei Liisa voinut pitää niitä koristeena pöydällään, vaikkei tahtoisikaan niitä syödä.

– Minä en saa syödä niitä, sanoi Liisa kimakasti. – Ota ne heti ja vie pois. Ne voivat tehdä vatsan löysäksi. En minä muutenkaan saa syödä muuta kuin vellejä, ennen kuin vatsa toimii.

Mies tuijotti Liisaa hämmentyneenä, aikoi sanoa jo-

takin, mutta pysäytti sanat viime hetkellä suuhunsa ja
alkoi sulloa hedelmiä pussiin.

– Mukava tuo meidän poika, hän sanoi lepyttelevästi,
nosti lapsen syliinsä ja alkoi leperrellä sille.

– Onko se sinusta kaunis? kysyi Liisa kylmästi. Mies
vilkaisi häneen epävarmana, ja äkkiä he molemmat
purskahtivat nauruun.

– Varmasti se kaunistuu siitä vielä, sanoi mies. – On-
han se sentään meidän. Minä soitin sen syntymästä sil-
loin illalla kaikille sukulaisille ja tuttaville. Kirstille en
kuitenkaan ilmottanut, kun ajattelin, että haluat kertoa
sille itse.

Heti miehen lähdettyä Liisa ontui kiireesti puhelimeen.
Oli hauska päästä kertomaan uutinen ensimmäisenä jol-
lekin, ja Kirsti oli sentään hänen paras ystävänsä. Äk-
kiä hän kuitenkin pysähtyi, ja hänen kätensä kostuivat
kylmästä hiestä.

Kirsti oli kiireinen johtaja, jolla oli paljon alaisia. Hän
veti tärkeitä projekteja ja oli aina kiireestä kantapäähän
asti huoliteltu ja kaunis. Liisa itse oli tällä hetkellä vain
avuton ja pahoinpidelty lihakimpale, joka arvokkaasta
sisällöstään tyhjennettynä oli joutunut tänne vieraiden
kiusattavaksi ja komenneltavaksi. Äidin, anopin ja vel-
jen käynti oli saanut hänen olonsa tuntumaan entistä-
kin kurjemmalta, ja siskokin oli tuonut vain ne kirotut
hedelmät. Sitä paitsi Kirstin ainoa raskaus oli päättynyt
keskenmenoon. Miksi hän iloitsisi Liisan lapsesta?

Kylmin kostein käsin Liisa näppäili Kirstin numeron.

Tämä pahastuisi, jos ei kuulisi vauvasta. Hän pääsi jotenkin ohi sihteerin ja kuuli lopulta ystävänsä äänen.

– Nyt se sitten syntyi, hän kertoi. – Sektiolla se tuli, terve kolmikiloinen poika. Lastenhoitaja kyllä arveli sitä vaihdokkaaksi.

– Sittenhän teitä on kaksi samanlaista, sanoi Kirsti. – Entäs sinä itse, vai eikö kannata kysyäkään?

– Ei kannata, vastasi Liisa synkästi. – En paljon viitsi ajatellakaan.

– Tulen katsomaan vaihdokasta, kun pääsette kotiin, sanoi Kirsti. – Ja kun Jussi tottuu hoitamaan sitä, voitaisiin lähteä kapakkaan vähän juhlimaan asiaa.

– Ei mitään alkoholia imettäjälle, mutisi Liisa apeasti.
– Ei liikaa kahvia eikä yhtään tupakkaa, ja mausteitakin pitäisi varoa, ettei vauva saa koliikkia. Toiset naiset siinä huoneessa aikovat ruveta urakalla litkimään mammateetä, kun siinä on fenkolia ja...

– Vai mammateetä, keskeytti Kirsti ja häneltä pääsi pieni hihitys. – Mammatee on ehdottoman vaarallista vaihdokaslapsille. Tupakkamaito on niille ainoaa oikeaa ravintoa, ja kahvi ja alkoholi saavat ne suorastaan kukoistamaan.

Kolikot loppuivat yllättäen, ja Liisa jäi yksin seisomaan luuri kädessään.

– Kirsti ei ole kovinkaan äidillinen, hän ajatteli harmissaan. – Eipä sillä kyllä lasta ole koskaan ollutkaan. Olisi ihanaa lähteä sen kanssa kapakkaan ja ottaa kunnon kännit vapaana naisena.

Äkkiä hänen rintojaan alkoi oudosti pakottaa. Ne rupesivat pullistumaan ja kasvamaan kooltaan.

– Ne kasvavat kasvamistaan ja puhkaisevat kohta

23

yöpaidan rinnuksen halki, hän ajatteli järkyttyneenä. Muodonmuutoksista ei totisesti tuntunut tulevan loppua.

Yksi napeista irtosi ja kieri kilisten pitkin lattiaa. Toisesta jättimäisestä rinnanpallukasta alkoi valua jotain lämmintä ja märkää. Hämillään Liisa kiirehti takaisin makuusaliin.

Vauvoja tuotiin juuri ruokailukierrokselle.

– Kekyj amorii, sanoi Liisa epävarmasti lapselle ja nosti sen syliinsä omituista yläruumistaan kainostellen. Lapsi ei vastannut. Sen silmät revähtivät auki, alkoivat kiiltää oudosti ja lopulta lähes pyöriä päässä kiihtymyksestä. Pienet kädet huitoivat hurjistuneina ilmaa.

Se on tullut hulluksi, ajatteli Liisa kauhuissaan ja painoi rauhoitellen lapsen lähemmäksi itseään. Lapsi hurjistui entistäkin enemmän. Karjaisten sen onnistui heilauttaa päätään sen verran, että sai suullaan napatuksi otteen toisesta jättirinnasta. Sitten se vain joi ja joi. Sen kurkusta kuului kiivasta kulauttelua. Liisan toisestakin rinnasta alkoi suihkuta maitoa, ja pian niin Liisa kuin lapsikin olivat yltä päältä maidon peitossa. Liisa tunsi syvän rauhan leviävän koko olemukseensa.

Lapsi lakkasi vihdoin syömästä, huokasi syvään ja avasi silmänsä.

– Kekyj amorii omariii, se sanoi uneliaasti.

– Kuka sinä olet? kysyi Liisa ihmeissään.

– Vaikkapa pieni kansanlaulu, sanoi lapsi, ja Liisasta tuntui, että se nauroi.

– Vain pieni kansanlaulu, eikä sanoja ollenkaan.

– No kuka minä sitten olen? kysyi Liisa.

Lapsi pulautti hiukan ylimääräistä maitoa sisältään Liisan käsivarrelle.

– Pienen kansanlaulun äiti. Amorii ja omarii, se sanoi ja nukahti.

Liisa istui nukkuva lapsi sylissään kuin huumaantuneena. Vihdoinkin hän tajusi kunnolla, että lapsi oli tosiaan hänen omansa, hänestä oli tullut äiti ja kaikki oli loppujen lopuksi sujunut hyvin. Joku alkoi laulaa Ave Mariaa hyvin hiljaa hänen sydämessään.

ORJANRUUSU

Olipa kerran Orja-niminen nainen. Alun perin hänen nimensä oli ollut Sorja. Lapsena, kun hän ei ollut osannut sanoa ässää, hän oli kutsunut itseään Orjaksi. Kaikkien mielestä se oli ollut niin somaa ja hupaisaa, että hekin olivat alkaneet käyttää tuota nimeä. Ja niin nimi Orja oli jäänyt hänelle pysyväksi.

Orjalla oli neljä lasta. Pojan nimi oli Yrjö, ja tyttöjen Arja, Erja ja Irja. Mieskin hänellä oli ollut, mutta tämän hän oli lähettänyt matkoihinsa saatuaan kaikki lapset säädyllisesti hankituksi. Hyvien tapojen ja sovinnaisuussääntöjen takia Orjalla oli tapana muistella miestä katkeruudella. Rehellisimpinä hetkinään hän myönsi itselleen, ettei miestä kunnolla enää edes muistanut. Mies muisti kuitenkin perhettään maksamalla elatusmaksunsa säännöllisesti, ja Orja piti hääkuvaa lipaston päällä esillä.

Aikuiseksi vartuttuaan Yrjö matkusti valtameren taakse onneaan etsimään, sieltä sen sitten löysikin, ja sinne jäi sitä vaalimaan. Äidilleen Yrjö lähetteli kauniita postikortteja ja saattoipa soittaakin toisinaan. Yrjöstä Orja oli ylpeä.

Tytärten kohdalla Orjan piti tyytyä olemaan ylpeä itsestään ja taidostaan järjestellä asioita tyttöjen parhaaksi. Orja oli itse pieni ja siro. Hänellä oli suuret orvokinsiniset silmät ja kihara vaalea tukka, joka ei koskaan harmaantunut. Tyttäret olivat suuria ja rotevia. Arjalla oli ollut onni periä äitinsä hempeät värit, joten hänessä oli sentään hiukan naisellista suloutta. Irja oli perinyt Orjan omalta äidiltä kalseanharmaat silmät, jotka helposti saivat hänet näyttämään häijyltä. Erjassa taas ei ollut mitään, mihin silmä oli kiinnittynyt sen enempää heltyen kuin kavahtaenkaan. Hän oli kai perinyt arkisen ulkonäkönsä lasten siittäjältä. Tytärten puutteista huolimatta Orjan onnistui järjestää heidät naimisiin huolella valittujen nuorukaisten kanssa. Kaikki nuoret parit asettuivat asumaan hänen lähelleen.

– Me olemme tyttöjen kanssa niin läheiset, hän naureskeli veitikkamaisesti ystävilleen ja sukulaisilleen. – Minullakin on oikeastaan neljä kotia, joita voin mieleni mukaan hallita. Eipä voisi kuningatarkaan enempää kaivata.

Tyttäret eivät pitäneet erityisemmin toisistaan tai äidistään, mutta se ei koskaan juolahtanut heidän mieliinsä. Heidän läheisyytensä oli rikkumaton ja syvä.

Arja sai miehekseen Aaron, synnytti neljä lasta ja valmistui lastenlääkäriksi. Orja huolehti Arjan lapsista ja liikkui mieluiten tämän seurassa.

– Me olemme kuin siskokset, hän liverteli iloisesti. – Kukaan ei ikinä uskoisi meitä äidiksi ja tyttäreksi. Lapsiakin luullaan usein minun omikseni.

Arjan neljännen lapsen synnyttyä hän olisi tahtonut lähettää Aaro-vävyn matkoihinsa, jotta Arjaa ja häntä yhdistäisi sama kohtalo. Jostain syystä Arja ei asialle kuitenkaan lämmennyt.

– Se on varmasti sinulle uskoton, Orja kuiskutteli Arjan korvaan. – Katsopas vain, miten se vilkuilee nuorten ja nättien tyttöjen perään. Miehet ovat sellaisia.

– Älä turhia höpise, tuhahti Arja. – Ei siitä jää mehuja muille jaettavaksi, kun mun viereltäni nousee.

Orja hämmentyi hetkeksi. Hän oli salassa kovin säälinyt tytärtään, joka joutui vielä avioliiton kahleissa kitumaan. Aviomies oli valittava tulevien lasten kannalta. Oli otettava mies, jolla oli hyvät geenit ja kyky elättää jälkeläisensä kunnolla. Kun lapset oli hankittu, avioliittoa ei enää tarvittu ja nainen oli vapaa seuraamaan omia tunteitaan. Tässä hän nyt oli yrittänyt johdatella tytärtä uuteen elämänvaiheeseen, vaan eipä tuo ottanut asiaa ollenkaan ymmärtääkseen. Lisäksi se puhui kuin ei liitossaan lainkaan tuntisi itseään uhriksi. Ehkäpä se aikoi hankkia sittenkin vielä lapsia tai sitten Aarolla oli avuja, joita hän ei ollut osannut arvatakaan.

– Noh noh, Arja, hän hihitti tytärtä viekkaasti vilkaisten. – Me nyt ollaan tämmöisiä rehtejä ja maanläheisiä naisia, mutta eihän sitä nyt kaikkea sovi ääneen sanoa.

Niin sai Aaro-vävy jäädä perheeseen. Orja oli siitä loppujen lopuksi iloinen, koska Aaro oli kiltti ja huomaavainen mies. Arjan ja Aaron lapsia Orja suorastaan jumaloi, eikä mikään näiden lasten hyväksi tehty uhraus ollut liian suuri hänen mielestään.

Erja sai miehekseen Eeron, synnytti kaksi lasta ja valmistui patologiksi. Erjan ammatin ikävä luonne aiheutti sen, ettei Orja koskaan puhunut siitä. Erjan lapset hän hyväksyi, mutta hänen tapanaan oli onnitella lasten kukoistuksesta Eeron äitiä.

– Ne ovat minunkin lapsiani, huomautti Erja joskus. – Ovathan ne toki sinun lapsenlapsiasi siinä kuin Arjankin vekarat.

– Kyllä minä sen tiedän, tokaisi Orja, silmäili Erjaa arvostelevasti ja murheellisen moittiva ilme levisi hänen orvokkisilmiinsä. – Sinä haluat vain haastaa riitaa ja käsittää asiat tahallasi väärin. Minä yritän tehdä kaikki läheiseni onnellisiksi enkä korosta liikaa itseäni. Sinä et ymmärrä ihmisiä etkä osaa ilahduttaa ketään, siksi et tätäkään asiaa ymmärrä. Sitä paitsi lapset ovat aivan Eeron näköisiä, katso nyt itsekin.

Erja katsoi lapsiaan. Tottahan se Orja puhui, kumpikin lapsista oli kovasti isänsä näköinen. Ei niissä mitään hänestä itsestään näkynyt.

Irja sai miehekseen Iiron ja ryhtyi runoilijaksi. Lapsia hän ei synnyttänyt, ja se oli Orjasta hyvä.

– Irja se on semmoinen ikuinen pikkutyttö, hän hymähteli joskus ystävättärilleen. – Siitä ei kyllä koskaan taida kasvaa aikuista naista. Värssyjään vaan väsää ja antaa Iiron elättää itseään, mutta mahoksi näyttää jäävän. On se tietysti hyvä, ettei itseään vaaranna, se on aina ollut niin heikko ja sairaalloinen, ties vaikka kuolisi, jos lasta rupeasi yrittämään. Kai ne runot sille lapsen korvaa, vaikka onhan se tietysti sääli, ettei siitä koskaan tule todellista naista.

– No, nyt on sitten minustakin tulossa todellinen nainen, kertoi Irja äidilleen eräänä päivänä, kun tämä jo vuosia aiemmin oli lakannut päivittelemästä tyttären mahoutta. Orja kauhistui.

– Et kai vain tarkoita, että olet saattanut itsesi siunattuun tilaan? hän huudahti. – Sano heti, että valehtelet ja kiusaat vain vanhaa äitiäsi.

– En minä ihan yksin, oli se Iirokin minua siihen saattamassa, sanoi Irja voitonriemuisesti.

– Ei, ei, ei! huusi Orja. – Se ei saa tapahtua! Minä kiellän sen ehdottomasti.

– Mitä sinä äiti nyt oikein hätäilet? kysyi Arja hämmästyneenä. – Eihän odottaville äideille sovi puhua tuolla tavalla.

– Jokaisella lapsella on oikeus syntyä maailmaan toivottuna, parkui Orja. – Tuon lapsen syntymää ei kukaan toivo.

– Iiro ja minä sitä ainakin toivotaan, huusi Irja. Arja tarttui häntä olkapäistä ja talutti ulos huoneesta.

– Äiti pelkää vain sun heikkoa sydäntä ja kapeaa lantiota, etkä sä tietysti enää missään parhaassa synnytysiässä ole, hän yritti tyynnyttää Irjaa. – Mä olen lääkäri ja voin selittää sille, ettei hätä ole tämä näkönen, kyllä se siitä pian tokenee, kunhan nyt menet pois. Ei olisi pitänyt kertoa sille niin yllättäen.

Irja kiirehti kertomaan uutista Erjalle, joka ilahtui asiasta.

– Lisää ulkopuolisia lapsia mun vekaroitteni seuraksi, hän ehdotti.

– Tästä lapsesta ei tule ulkopuolista kenenkään silmissä, sanoi Irja tuikeasti, mutta heltyi sitten hiukan.

– Voihan meidän lapset silti olla kavereita keskenään. Luuletko muuten, että Orja yrittää vahingoittaa lasta?

Erja mietti pitkään.

– Voi se yrittää, hän viimein arveli.

– Mutta en usko, että se pystyy tekemään mitään. Pysyttele poissa sen silmistä, jos se alkaa käydä sun hermoille.

Orja oli jatkuvasti poissa tolaltaan Irjan raskauden takia. Hänestä tuntui, että hanke oli alusta alkaen tuomittu epäonnistumaan. Irja menehtyisi lasta saadessaan, ja lapsesta tulisi onneton ihminen, joka kylvisi pelkkää kärsimystä ympärilleen. Kukaan ei häntä tahtonut uskoa, mutta itse hän oli tottunut luottamaan vaistoonsa järjestäessään asioita perheensä parhaaksi.

Hän tunkeutui päivittäin Irjan kotiin hääräilemään tämän ympärillä. Hän tiskasi, siivosi, laittoi ruokaa ja tuli ja meni omilla avaimillaan mielensä mukaan. Aikoinaan hän oli lisäillyt lemmenyrttejä Aaron, Eeron ja Iiron iloksi leivottuihin kakkuihin, jotta saisi toivotut liitot aikaan. Nyt hän lisäili Irjalle tarkoitettuihin herkkuihin rohtoja, joiden oli määrä torjua onnettomuudet. Irja arveli, että ne olivat sikiönlähdetysyrttejä, ja kaatoi erikoisherkut salassa suoraan viemäriin. Raskaus eteni normaalisti, ja Irjan vatsa kasvoi. Usein Irja yllätti Orjan katsomasta hänen vatsaansa luullessaan, ettei hän sitä huomannut.

– Orja kummastelee tietysti, kun mitkään yrtit eivät tepsi tuohon kirottuun sikiöön ja on nyt kauhuissaan, ajatteli Irja. – Se on siirtänyt murhanhalunsa pahaan silmään.

31

– Orja katsoo minua pahalla silmällä. Se toivoo, että lapselle kävisi huonosti, valitti Irja miehelleen ja Arja-siskolleen, mutta kumpikaan ei uskonut häntä.

Iiro ei pitänyt anopin jatkuvasta oleskelusta kotonaan, mutta oli huojentunut, kun tämä piti huolta raskaudessaan kovin oikukkaaksi muuttuneesta Irjasta. Arjaa taas suututti, kun Orja oli siirtynyt hänen kodistaan Irjan vaalimiseen eikä häneltä herunut myötätuntoa Irjan marinoille.

– Aja se ihmeessä pois, jos uskot niin, tuhahti vain Erjakin, jota kyllästytti hälinä Irjan tulevasta lapsesta.

Irja ei pystynyt ajamaan Orjaa pois kodistaan. Orja oli tuntenut hänet pienestä pitäen. Selvännäkijän tavoin Orja tajusi kaikki hänen toiveensa ja pelkonsa. Orja oli tunkeileva ja usein häijy, mutta halutessaan hän pystyi hetkessä häivyttämään kaikki Irjan huolet. Irjan ystävät olivat saaneet lapsensa vuosia sitten ja suhtautuivat hyväntahtoisen väheksyvästi Irjan murheisiin. Vain Orja suhtautui Irjaan tosissaan. Lisäksi oli ihmeellistä, vaikkakin kauheaa, olla Orjan jakamattoman huomion kohteena. Orjasta oli tullut Irjalle korvaamaton, eikä hän pelostaan huolimatta pystynyt ajamaan tätä pois. Hän vain yritti kaiken aikaa olla Orjaa valppaampi. Ja niin lapsi kasvoi hänen sisällään rakkauden ja vihan ristitulessa.

Eräänä kylmänä ja kirkkaana talviyönä se sitten syntyi Orjan nukkuessa pahaa aavistamatta omassa kodissaan. Se oli tyttölapsi, pieni, mutta kaunis, ja kaikin puolin moitteeton.

– Kyllä minä tiesin, minä tunnen aina kaikki tärkeät asiat, Orja selitti myöhemmin kaikille kuulijoilleen.

– Se oli kauhea yö. Minulla oli hirveät poltot, ne jotenkin siirtyivät suoraan minuun. Valvoin koko yön voihkien ja valittaen, eikä siinä kärsimyksessä ollut loppua ollenkaan, ennen kuin minut revittiin kahtia. En ymmärrä, miten jaksan lähteä katsomaan Irjaa ja lasta näin kauhean yön jälkeen, mutta eihän siinä muukaan auta. Äitien on vain kestettävä.

Hän syöksyi sairaalaan heti ensimmäiselle vierastunnille. Iiron hämillisistä estelyistä piittaamatta hän tunkeutui oikopäätä Irjan ja lapsen luokse. Lapsi avasi siniset silmänsä juuri Orjan kumartuessa sitä katsomaan. Orja tuijotti sitä järkyttyneenä, ja kerrankin hän mykistyi.

– Se on kovin pieni ja heikko, taitaa siitä vielä kuolla pois, hän selitti ystäville ja sukulaisille, mutta vain tavan vuoksi ja huijatakseen kateellisia jumalia. Hänen pahat aavistelunsa lapsen onnettomasta kohtalosta olivat tyystin haihtuneet. Irja oli selvinnyt hengissä synnytyksestä, ja lapsi oli ihmeeellinen. Se oli lumonnut hänet ensisilmäyksellään. Hän ei saanut mielestään pois kuvaa lapsen kasvoista. Vastasyntynyt lapsi oli aina liikuttava, mutta tämä lapsi oli jotain vielä enemmän. Se herätti hänessä oudon tunteen, että elämällä oli jokin syvempi merkitys, jota hän ei ollut koskaan tajunnut. Hänelle maailma oli aina ollut kova ja kylmä paikka, jossa selviytymiseen tarvittiin valppautta ja viekkaita juonia. Entäpä, jos maailma ei olisikaan sellainen?

Irjan päästyä lapsineen kotiin Orja hääräili heidän ympärillään niin avuliaana ja huomaavaisena, että Irjaa suorastaan pelotti.

– Orjalla on varmasti jotain todella kauheaa mielessään, kun se käyttäytyy noin oudosti, hän ajatteli epäluuloisena.

– Kai sinä sentään muistat, että minä olen sen äiti, hän huomautti heti, jos Orja piti vähänkään kauemmin lasta sylissään.

– Sinä olet äiti, toisti Orja kuuliaisesti, asetti vauvan heti Irjan käsivarrelle ja tuijotti heitä kumpaakin hartaana.

Orja pesi vauvan pyykin, valmisti ruoat Irjalle ja Iirolle ja totteli Irjan jokaista määräystä vastaan sanomatta. Yhtään häijyä sanaa ei kuulunut hänen huuliltaan, ja Irja alkoi joutua yhä pahemman paniikin valtaan. Silloin Arjan lapset onneksi sairastuivat ja Orjan oli pakko siirtyä hoitamaan heitä.

Irja oli helpottunut jäädessään rauhaan tyttärensä kanssa ja alkoi suunnitella ristiäisiä.

– Tästä lapsesta tulee jotakin erityistä, hän ajatteli unelmoiden. – Se on niin ihmeellinen, että lumosi Orjankin. Kaikki hyvät haltijattaret tulevat seisomaan sen kehdon ympärillä. Hän mietti pitkään lapselle sopivaa nimeä, vieraslistaa, koristeluja ja tarjoiluja. Jokunen viikko kului sopivan virrenkin löytämisessä. Kaiken piti olla täydellistä hänen täydellisen tyttärensä ristiäisissä. Lopulta hän valitsi virren "On meillä aarre verraton" ja päätti antaa tyttärelle nimeksi Ruusu. Sitten Orja soitti.

– Minä olen ajatellut teitä koko ajan, hän selitti. – Olen miettinyt pikkuisen ristiäisiä tässä sairaanhoidon ohella ja sain nyt lopultakin kaikki suunnitelmat valmiiksi. Kirkko on varattu kahden viikon kuluttua ja vieraat kutsuttu. Hain tänään vintiltä teidän vanhan kastemekkonne, jota itsekin olen käyttänyt, ja rupean kohta pesemään sitä. Virtenä lauletaan "Mä olen niin pienoinen", se sopii hyvin tuolle lapselle ja on muutenkin kaunis.

– Sinä sinä! huusi Irja kiukusta tikahtumaisillaan. – Sinä olet hullu! Ei siellä mitään pienoisia lauleta. Tää on mun lapseni, ja minä järjestän sen ristiäiset itse.

– Pikkuinen on aivan minun kuvani, sanoi Orja päättäväisesti. – Sen nimeksi sopii hyvin Orja Orvokki. Kaikki on järjestetty, ei sinun tarvitse suotta hermostua. Koko suku tulee mielellään. Mene sinä vaan etsimään uutta mekkoa itsellesi, kun et entisiin vielä millään mahdu, jos nyt koskaan mahtunetkaan. Jotkut naiset jäävät lihaviksi heti ensimmäisen lapsen jälkeen.

– Lapsi ei muistuta sinua, huusi Irja. – Sillä ei ole mitään tekemistä sinun kanssasi. Se on minun! Sinä olet pahansuopa ja kiero vanha ämmä, jolla ei ole mitään käsitystä oikeasta ja väärästä. Sinä tahdot pahaa lapselle ja minulle. Sinä yritit tuhota sen jo ennen sen syntymää. Minä teen vielä poliisille ilmoituksen sinusta.

Orja alkoi itkeä.

– Sinä se tässä paha olet, hän nyyhkytti. – Sinä olet ollut paha jo syntymästäsi saakka ja pilannut minun elämäni. Ristiäiset on niin pikkujuttu, sen verran iloa voisit toki suoda yksinäiselle vanhalle naiselle. Sitä paitsi kaikki vieraat on jo kutsuttu.

– Peruuta ne sitten, Irja kirkui. – Minä järjestän kaiken itse. Ja sinusta minä teen ilmoituksen poliisille, jos et jo häivy siitä häiritsemästä.

– Minua ei eläessäni ole poliisit pidättäneet, tuhahti

Orja itkunsa unohtaen. – Sinä olet yliväsynyt ja seonnut päästäsi. Lapsen ristiäisten järjestäminen kuuluu minulle etkä sinä mitään kunnon tilaisuuksia osaisikaan järjestää. Et sinä muutenkaan näytä ikinä kasvavan aikuiseksi, ja äitiä ei sinusta kyllä saa tekemälläkään.

– Myrkyttäjä! karjui Irja. – Lapsenryöstäjä! Kumpikin sulki puhelimensa ja juoksi hakemaan turvaa toiselta perheenjäseneltä. Orja sai Arjalta kaipaamansa vakuutuksen siitä, että oli kunnon ihminen eikä joutuisi vankilaan väärien syytösten takia. Irja taas aneli Erjaa vakuuttamaan, että hän oli aikuinen ihminen ja kunnollinen äiti ja saisi itse järjestää lapsensa ristiäiset.

– Orja väittää, että lapsi on hänen näköisensä ja siitä tulee uusi Orja eikä minusta saa äitiä tekemälläkään, parkui Irja lapsen karjuessa kilpaa hänen sylissään. – Ja väärän virrenkin se on valinnut!

– Mitä ihmettä sinä parut ja suotta hermoilet, sanoi Erja yrittäen olla näkemättä, miten kyyneleet ja räkä valuivat Irjan kasvoilta vauvan untuvaiselle päälaelle. – Sinähän olet jo itse pyytänyt vieraita ja sopinut papin kanssa kotiintulosta. Ja myöskin virrestä.

– Minä peruutan ne, minä peruutan kaikki, parkui Irja entistä kovemmin. – Orja vainoaa minua, se aikoo tuhota minut ja varastaa vauvan.

– Ainahan se on ollut kärkäs sotkeutumaan kaikkeen, sanoi Erja. Pientä pistoa tuntien hän muisti, ettei Orja ollut vähääkään pyrkinyt sotkeutumaan hänen lastensa ristiäisiin. – Rauhoitu nyt, ainahan te riitelette Orjan kanssa. Tietysti Iiro ja sinä järjestätte oman lapsenne ristiäiset.

Irja kaivoi käsilaukustaan nenäliinapakkauksen ja alkoi kuivailla kasvojaan ja lapsen päälakea.

– Se sanoo, että minä olen hullu, jos en tee niin kuin se tahtoo. Minä pelkään, että ne rupeavat Arjan kanssa yhdessä vainoamaan minua ja yrittävät viedä lapsen minulta, hän sanoi.

– Mene nyt vaan rauhassa järjestelemään juhliasi, hätisteli Erja. Kiinnostuneena hän pohdiskeli mielessään, mahtoiko Irja tosiaan olla sekapäinen. Hullu tai ei, eiköhän se siitä tokenisi, jos vain saisi olla rauhassa.

– Mikäs tytön nimeksi on tarkotus tulla, kerrotko? hän kysyi.

– Ei ainakaan Orja, sillä ei ole mitään tekemistä Orjan kanssa! huusi Irja silmät palaen. – Siitä tulee Hallitsija Ruusu!

Hän syöksyi vauvan kanssa takaisin kotiinsa ja alkoi ommella juhlamekkoa tulevalle Hallitsijalle.

Myöhemmin samana päivänä Arja soitti Erjalle.

– Irja on tullut hulluksi, hän selitti vihaisesti. – Se on solvannut äitiraukkaa niin tolkuttomasti, ettei se ole pystynyt yhtään hoitamaan mun lapsiani, sen kun vaan parkunut täällä mun kodissani kaiken päivää.

– Niille taisi tulla vähän riitaa ristiäisistä, sanoi Erja.

– Orja meni liikaa sekaantumaan kaikkeen ja Irja hikeentyi pahan kerran.

– Hullu se on. Ihan selvää lapsivuodepsykoosia tämä minusta on, ja lääkärinä olen kovin huolissani siitä, sanoi Arja. – Se pitää nyt saada hullujenhuoneeseen lukkojen taakse mitä pikimmin, ja lapsi on erotettava siitä, ettei se pääse sitä vahingoittamaan. Sinun pitää auttaa minua tässä. Olethan sinäkin loppujen lopuksi lääkäri, vaikka askaroitkin vain kuolleitten tai kudosten kimpussa. Me molemmat tunnetaan Sanna. Se voi kirjoittaa lausunnon Irjasta. Minä selitän sille tilanteen, sinä viet sen tapaamaan Irjaa ja niin saadaan paperit passitusta varten nopeasti kuntoon.

Erjaa pelotti. Hän oli tottunut siihen, että sai kuulla perheeltä halventavia huomautuksia ammattinsa takia, mutta hän ei ollut tottunut siihen, että hänen mielipiteensä mistään olisi kiinnostanut ketään perheessä. Vielä enemmän häntä järkytti se, että Arja nyt yllättäen vetosi heidän ammattitoveruuteensa. Hän oli juuri pohdiskellut mielessään, mahtoiko Irja olla sekapäinen ja arvellut, että se oli. Tässä hän nyt sai selvääkin selvemmän todisteen siitä, että oli erehtynyt arviossaan. Irja oli ollut täysin oikeassa uskossaan, että Orja ja Arja alkaisivat yhdessä vainota häntä.

– En minä suostu toimittamaan Irjaa hullujenhuoneeseen, hän lopulta sanoi. – Minusta Irja ei ole sen hullumpi kuin äiti tai sinäkään. Sitä paitsi se oli juuri järjestelemässä lapsensa ristiäisiä. Eihän se lukkojen takaa mitään pystyisi saamaan aikaan.

– Kyllä sinä sitten olet vastuuton! huusi Arja. – Sinulla ei ole vähääkään vastuuntuntoa sisarena, tyttärenä, tätinä tai lääkärinä. Juuri sitä minä olen aina epäillytkin. Minä kantelen sinusta Lääkäriliittoon.

Arja sulki puhelimen, ja heti se pirahti uudestaan soimaan.

– Mitä Arja sanoi minusta? kysyi Irja kiihtyneenä. – Kerro heti, mitä te oikein puhuitte. Minulla on tässä kynä ja paperia valmiina, tahdon saada kaiken kirjatuksi kunnolla. Tarvitsen Arjan ja Orjan sanatarkat puheet poliisi-ilmoitusta varten, saavat pian kumpikin syytteen herjauksesta.

– En minä oikein muista, sanoi Erja. – Te kaikki puhutte niin paljon, etten millään pysty kaikkia sanomisia muistamaan. Eikös sinun pitänyt ruveta ompelemaan kastemekkoa tytöllesi?

– Sinä se et ole koskaan välittänyt mistään mitään! karjaisi Irja. – Sinä se aina vaan pakoilet vastuuta kaikesta!

Irja sulki nyt vuorostaan puhelimen, ja kohta se taas soi.

– No nyt sinä kelvoton olet kyllä ylittänyt itsesi typeryydessä, raivosi Arja. – Kerro heti, mitä sinä sanoit Irjalle, että minä olen sanonut siitä sinulle. Se uhkaa tehdä minusta poliisi-ilmoituksen, ja se on sinun vikasi. Mitä ihmettä sinä oikein menit sanomaan sille?

– En minä oikein muista, sanoi Erja hämmentyneenä ja huolissaan. – En kai minä paljon mitään sanonut.

– Varmasti sanoit. Se aikoo haastaa sekä Orjan ja minut oikeuteen. Orjasta viis, mutta minä olen sentään kunniallinen kansalainen ja vielä menestynytkin. Minun elämäni ja urani menee pilalle, jos minut tuomitaan herjauksesta. Mitä sinä onneton oikein sanoit?

– Ei Irja teitä tosissaan oikeuteen haasta sen enempää kuin sinä tosissasi aioit sen hullujenhuoneeseen passittaa, sanoi Erja ynseästi.

– Sinä olet kyllä itsekin hullu ja niin täynnä pahansuopaa kateutta minua kohtaan, etten sitä ikinä olisi uskonut, karjaisi Arja. – Sinulla ei ole vastuuntuntoa etkä ole ikinä välittänyt mistään mitään. Minä välitän ja kiitokseksi saan syytteen herjauksesta!

Taas puhelin suljettiin hyvästejä sanomatta.

Erja jäi pitkäksi aikaa istumaan puhelin kädessään ja odotti, soisiko se vielä. Hänestä oli jännittävää olla tapahtumien polttopisteessä ja saada kerrankin niin paljon huomiota osakseen.

Irjan lapsi ristittiin Hallitsija Ruusuksi vailla suurempia seremonioita. Papin lisäksi paikalla olivat vain Erja perheineen, Iiron vanhemmat sekä kolme Irjan läheisintä ystävää. Talo oli koristeltu yltä päältä ruusuilla ja lapsi puettu Irjan ompelemaan silkkimekkoon.

Pian ristiäisten jälkeen Hallitsija katosi vaunuistaan pihamaalta. Irja ei enää pahemmin hätääntynyt. Hän hälytti Iiron ja Erjan todistajikseen marssiessaan oikopäätä Orjan asunnolle. Omilla avaimillaan hän avasi heille oven, ja Orjan kummastuneista vastaväitteistä huolimatta alkoi tutkia tämän kotia järjestelmällisesti.

– Minne sinä olet piilottanut lapsen? hän kysäisi ohimennen äidiltään. Vastaukseksi tuli raivokas nälkähuuto Orjan vierashuoneesta. Lapsi oli jo ehtinyt tottua äidinmaitoon, eikä Orjan tuputtama pullo ollut sille kelvannut alkuunkaan.

– Miksi sinä ryöstit Irjan lapsen? kysyi Erja uteliaana.

– Ryöstin ja ryöstin, naurahti Orja. – Toin sen välillä tänne hoitoon, että Irja-rukka saisi vähän levätä. Ei pitäisi aina tahallaan käsittää kaikkea väärin.

Hän vilkaisi Irjaan, joka juuri imetti lastaan. Irja ei sanonut mitään, katsoi vain takaisin pilkallisin silmin istuessaan siinä itsevarmana ja rehevänä rinta lapsen ahnaassa suussa.

– No ryöstinpä hyvinkin, puuskahti Orja äkkiä. – Minusta Irja ei sovi kenenkään hoitajaksi. Irja tarvitsee rauhaa voidakseen kirjoittaa ja lapsen on saatava hyvä hoitaja, joka kasvattaa siitä onnellisen ihmisen.

– Olisipa ajatus hyvistä hoitajista juolahtanut mieleesi silloin, kun minä olin pieni, mutisi Erja. Olet aika lailla myöhässä hyvissä aikeissasi.

– Eihän nyt toisten lapsia saa ruveta omin päin ottamaan, torui paikalle hälytetty Arjakin. – Nyt en kyllä minäkään enää pysty sinua ymmärtämään. Oletkohan sinä tulossa jo seniiliksi? Vai silkka kateusko se sinua riivaa, kun omat hedelmälliset päiväsi ovat jo ollutta ja mennyttä?

Orja katseli kyynelehtien kolmea suurta tytärtään, jotka siinä häntä herjasivat ja tuomitsivat. Itse hän oli aina ollut pieni, siro ja naisellinen. Oli oikeastaan kumma, että kaikista tytöistä oli kasvanut noin kolhoja ja sulottomia. Eivät ne osanneet pukeutua kauniisti eivätkä meikkiä kasvoilleen koskaan viitsineet laittaa, mahtoivatko edes peseytyäkään. Arjastakin lehahti tänään niin voimakas hienlöyhkä. Noille hän sitten elämänsä oli uhrannut.

– Kaikkeni minä olen teille antanut, hän sanoi ääni väristen ja suuret orvokkisilmät kyyneleitä läikkyen. – Yksin teidät kasvatin, oman muusikonurani hylkäsin ja rakastin ja vaalin niin teitä kuin perheitännekin. Kaiken elinvoiman te minusta veitte, enkä koskaan valittanut sanallakaan. Tässä vanhoilla päivilläni yritin vielä ylittää itseni ja järjestää tämän pienimmän asiat alusta alkaen oikealle tolalle. Minulla oli kaksikin sopivaa hoitajaehdokasta katsottuna valmiiksi, en vain ollut vielä päättänyt, kumpi olisi parempi Ruusulle. Itselleni en mitään ollut ottamassa, en nyt enkä koskaan ennenkään. Te kolme ette nyt mitään ymmärrä, mutta joskus vielä kadutte.

Tyttäret katselivat häntä jörön ja leppymättömän näköisinä eivätkä sanoneet mitään. Vävyt kurkistelivat vaivihkaa oviaukosta. He olivat oppineet pysyttelemään takaalalla silloin, kun Orja ja tyttäret neuvottelivat perheen asioista.

– Minä jätän teidät, sanoi Orja, ja häntä ihan itketti tytärten puolesta. – Minä jätän teidät iäksi. Muutan poikani luokse Amerikkaan. Sinne minua onkin kovin kaipailtu ja kutsuttu.

– Mitä pikemmin, sen parempi, tuumasivat tyttäret järkähtämättöminä tuomiossaan.

Orja alkoi valmistella kotinsa myyntiä ja muuttoaan meren taakse. Kun tyttäret eivät vieläkään katuneet, Orja suuttui kerrankin tosissaan. Hän myi kotinsa, nai pitkäaikaisen rakastajansa ja järjesti itselleen hienot häät. Häiden jälkeen hän muutti kaupungin toiselle puolelle asumaan ja omistautui uuden kotinsa sisustamiseen. Mies osti hänelle lahjaksi arvokkaan viulun, ja hän aloitti soittamisen kunnolla uudestaan. Tyttärille häneltä ei enää jäänyt aikaa.

– Mitäs me nyt tehdään, kun Orja hylkäsi meidät? kysyi Arja. – Kuinka minä voin menestyä urallani, jos Orja ei huolehdi kodistani? En ymmärrä, miten kukaan äiti voi vieraan miehen takia hylätä lapsenlapsensa ja lapsensa.

– Minä taas olen tottunut siihen, että minulla on vihollinen, valitti Irja puolestaan. – Liika on tietysti liikaa, mutta sopivasta määrästä vihaa ja vainoa olen aina saanut puhtia elämääni.

– Minä olen muuten tutustunut isäämme, keskeytti Erja.

– Valehtelet, sanoivat sisaret. – Miten sinä muka olisit löytänyt sen, kun kumpikaan meistä ei ole ikinä onnistunut sitä löytämään?

– Löysin sen meiltä töistä, sanoi Erja hymyillen. – Tein sille ruumiinavauksen ihan itse.

– Senkin hirviö, leikkelitkö tosiaan oman isäsi? huudahti Irja.

– Oliko se varmasti meidän isä? kysyi Arja. – Mihin se kuoli?

– Oli se meidän isä, ja influenssan jälkeinen keuhkokuume sen vei, sanoi Erja. – Se oli jo vanha ja sairas mies, useita vuosia Orjaa vanhempi. Mutta ei se siinä ole niin kiintoisaa. Minä yritin lähinnä saada selville, miksi se meidät aikoinaan jätti.

– Eihän se meitä jättänyt, vaan Orja heitti sen pellolle uskottomuuden takia, sanoi Arja. – No, mitä sinä oikein löysit?

– Se oli vähäverinen, sanoi Erja.

Sisaret vaikenivat. Erja oli kerrankin oikeassa. Monikin mies mieltyi Orjan hempeään naisellisuuteen, mutta harva kesti pitempään hänen vitaalia vihanpitoaan maailman kanssa. Oli selvää, ettei vähäverinen mies ollut jaksanut elää hänen rinnallaan, vaan oli lapsista huolimatta paennut säilyttääkseen henkensä. Ja oli myös selvää, ettei Orja tällaisen petturuuden jälkeen ollut sallinut mitään yhteyttä isän ja lasten välillä.

– Onneksi me ei olla vähäverisiä, sanoi Irja.

Arja nousi, otti kaapista pullon punaviiniä ja kaatoi heille kaikille lasilliset. Ääneti he skoolasivat ja joivat lasin viiniä isänsä muistoksi.

– Se siitä isästä sitten, sanoi Arja lopulta. – Mutta mitä me tehdään nyt, kun Orja hylkäsi meidät? Kuka huolehtii lapsistani, kun olen itse töissä?

– Ehkä minä voisin huolehtia niistä, jos palkataan lastenhoitaja avuksi, sanoi Irja hiukan epäröiden. – Ruususta on niin paljon vaivaa, etten millään selviä yksin.

– Tehdään niin, sanoi Arja ja pahanilkinen hymy levisi hänen kasvoilleen. – Ja vastapalvelukseksi voin ryhtyä sinulle viholliseksi ja tuoda puhtia elämääsi entiseen tapaan.

Irjan silmät leimahtivat, ja tuossa tuokiossa he olivat Arjan kanssa uppoutuneet kiivaaseen riitaan lastenhoitajalta vaadittavista ominaisuuksista.

– Entä minä? kysyi Erja ja joutui huutamaan saadakseen äänensä kuuluviin sisarten torailun läpi. – Entäs sitten minä? Nyt kun Orja on poissa, voisin ehkä lopultakin lakata olemasta ulkopuolinen. Olen hirveän kyllästynyt siihen rooliin.

Sisaret vaikenivat, katsoivat häntä ja sitten toisiaan.

– Älä sure Erja, sanoivat he sitten hellästi. – Niin kauan kuin me kaksi elämme, saat pysyä ulkopuolisena, kuten ennenkin. Lupaamme sinulle sen. He syöksyivät molemmat kyynelsilmin halaamaan Erjaa.

– Orja kyllästyy äkkiä elämään, jossa se ei saa juonitella tarpeeksi, sanoi Erja vapauduttuaan vihdoin sisartensa otteesta. – Kohta se on taas meidän kaikkien kimpussa.

SEIREENI

Keskellä kesantopeltoja on kanala ja sen vieressä mökki. Siellä Elvi asuu yksinään. Usein menee viikkojakin, ettei hän tapaa ketään ihmistä. Kanat hänellä kumminkin on luonaan, ja kyllä niistäkin seuraa on. Ne ovat helppoja ja mukavia hoidokkeja. Ruokaa ja puhdasta vettä kun hän antaa niille päivittäin ja välillä siivoaa häkit, ne hoitavatkin itse itsensä. Kanalan yhteydessä on iso ulkoaitaus, jossa ne saavat vapaasti liikkua. Ne kuopivat maata, etsivät matoja ja pitävät seuraa toisilleen. Ne saavat viettää kaikin puolin mukavaa kananelämää, mutta karkuun ne eivät Elviltä pääse, ja muniaan niiden on turha häneltä piilottaa.

Kaukana pellon toisella puolella marssii sotilaita parijonossa. Ne kulkevat raudoitetuin saappain halki kuolleen keltaisen pellon. Elvi kurkistelee niitä salaa ikkunaverhojen suojista. Minne ne menevät? Joka aamu ne kulkevat tuosta kivääriensä kanssa. Elvi arvelee, että niillä on vain harjoitusaseet, mutta pistimet niissä kyllä näyttävät teräviltä. Joskus näyttää siltä kuin miehet laulaisivat. Elvi ei tajua, miten kukaan voisi laulaa noin elottomalla pellolla. Jonain päivänä ne marssivat ehkä mökin pihalle. Elvin sydän alkaa jyskyttää sitä ajatellessa. Täällä rajaseudulla on rauhatonta, ja kanoja lukuun ottamatta hän asuu kaukana kaikista elävistä olennoista.

Miehet tekevät väkivaltaa. Ne tappavat ja raiskaavat. Ne tartuttavat tauteja, kuppaa ja muita laatuja, varoitteli mummo häntä aikanaan. Miehet käyttävät vain hyväkseen. Ne viekottelevat kauniin sanoin, tekevät tekosensa ja sitten jättävät, selitti puolestaan äitikin. Nuorena hän ei uskonut niitä, koska silloin hän uskoi rakkauteen. Ei hän niitä nytkään usko, koska enää ei usko mihinkään. Vaan jotakin äidin ja mummon opetuksista hän on oppinut kääntämään hyödykseen.

Viimeinenkin sotilaista on kadonnut metsänreunan taakse. Elvi panee kahviveden kiehumaan ja lähtee ruokkimaan kanoja. Hänellä on niitä kymmenen, kaikki pieniä ja kirjavia. Ne ovat hyviä munijoita kaikki paitsi yksi vanhansorttinen, mutta siinähän se menee joukon jatkona, vaikkei niin hyödyllinen olekaan. Kukkokin hänellä on, oranssi ja kovaääninen. Elvi ei pidä siitä paljonkaan. Oveluutta käyttäen hän ruokkii sen aina viimeiseksi, eikä se sitä koskaan älyä.

Tulee huominen. Ja taas huominen. Ne laulavat tosiaan. Sanoja ei erotu, mutta rumaa ääntä ne ainakin pitävät. Kuuluu vain epämääräistä mölinää marssin tahdissa. Ehkä ne ovat yhtä huonoja laulamaan kuin Elvi itsekin. Jos olisi kiikari, hän näkisi ne selvemmin. Oikeita nuo aseet sittenkin ovat, ja kiikarittakin hän näkee, että edellä kulkeva vääpeli on lyhyt ja ruma mies.

Elvi on siivoamassa kanalaa, kun kuulee komennushuutoja ja marssivien askelten töminää aivan läheltä. Nyt ne sitten ovat tulleet. Hän on osannut odottaa tätä päivää, mutta arvellut sen koittavan myöhemmin. Hetkeen hän ei tiedä, mitä tehdä, ja pysyttelee kanalan sisällä suojassa.

– Osasto seis! karjahtaa pieni ruma vääpeli ja ne pysäh-
tyvät pihamaalle. – Lepo! se karjahtaa taas.
– Nainen, tulkaa ulos sieltä kanalasta, olisi asiaa.

Elvi astuu pihalle pää pystyssä ja selkä suoraksi pako-
tettuna ja yrittää parhaansa mukaan näyttää tyyneltä
ja arvokkaalta. Niitä on kaksikymmentä saappaineen,
kypärineen, univormuineen ja kivääreineen ja sitten se
karjuva komentaja.
– Raiskaamaan ja ryöstämäänkös sitä tultiin? Elvi ky-
säisee äreästi huivinsa alta saappaat mudassa ja kanan-
lannassa. – Vai tappaminenko se on teillä mielessä?
Hänen äänensä ei värähdä ollenkaan, ja siitä hän on
ylpeä.
– Tuota kanalaa tässä on jo pitkään katseltu, murahtaa
vääpeli. Silloin Elvi raivostuu.
– Raiskaajat, murhamiehet! hän kiljaisee. – Tässähän
minä olen. Avuton vihollisen nainen, ihan teidän ar-
moillanne. Raiskatkaa nyt sitten, niin siitäkin kauhusta
pääsee.

Sotilaat katselevat epävarmoina saappaitaan, ja vääpelin
naama alkaa punottaa.

– Ettekös te sotilaita olekaan? Elvi kysyy. – Ettekös rais-
kaamaan tulleetkaan? Eikös se ole tapana, että sotilaat
aina raiskaavat naiset?
– Sotilaat, raiskatkaa tuo nainen! karjaisee vääpeli
kauhealla äänellä. – Oletteko miehiä vai ette? Raiskaus
on velvollisuus armeijaa ja osastoa kohtaan.
Sotilaat liikehtivät epävarmoina ja noloina rivissään.

– Ei me haluta, mutisee viimein rohkein niistä.

– Ei meitä ole vielä opetettu raiskaamaan, selittää toinen anovasti. – Tuo on sitä paitsi niin hirmuisen vanha ja vihainen ämmä. Ei kai meidän sentään tartte käydä tommosten kimppuun?

Elviltä pääsee itkunsekainen naurunkiherrys.

– Hiljaa rivissä! karjaisee vääpeli. – Osasto odottaa, hoidan sotilasvelvollisuuden sitten itse. Tänne, ämmä.

Vääpeli tarttuu Elviä käsivarresta ja raahaa hänet semmoisella kyydillä kanalaan, että jalat vain maata viistävät ja olkapää kolahtaa ovenpieleen. Sitten se paiskaa hänet kanalan lattialle. Kauhuissaan Elvi sulkee silmänsä ja katsoo sitä sitten. Siinä se seisoo ihan vieressä vimmainen kiihko naamallaan.

– Tämäkö nyt oli se raiskaus ja vieläkös paljonkin pahaa on tulossa? hän kysäisee nopeasti lattialta.

– Ei ollut raiskaus, sanoo vääpeli, ja sen silmissä välähtää raivo. Se hyökkää Elvin kimppuun, repäisee hameen keskeltä halki ja sitten se potkaisee häntä kylkeen. – Ja nyt painut akka siitä äkkiä mökkiisi tai pääset vielä hengestäsi. Sotilaalle ei soiteta suuta.

Pahemmalta se näyttää kuin sotilaat yleensä, vaikka onhan niitä täpäriä paikkoja ennenkin eteen tullut, ajattelee Elvi. Hän luikahtaa ulos kanalasta liatuin ja revityin vaattein. Sotilaihin katsomatta hän juoksee suoraan mökkiinsä ja panee oven tiukasti salpaan. Sehän nyt olikin sotaisa vääpeli, hän tuumaa.

Pihalta alkaa kuulua komennushuutoja, kiljahduksia ja

48

tömistelyjä. Sitten alkaa kova kaakatus ja siipien läiskintä. Elvin on pakko mennä ikkunaverhojen takaa kurkistamaan.

– Ryöstäkää kaikki elikot! huutaa vääpeli. – Elävinä muut, mutta kukon saa vaikka tappaa. Sinä sieltä, hae munat, mutta älä riko. Elikot sidotaan jaloista ja kannetaan leiriin.

Aikansa juostuaan ja huudettuaan sotilaat saavat kaikki linnut kiinni ja panevat ne kahleisiin sotavangeiksi.
– Polttakaa kanala! huutaa vääpeli.
Sotilaat tuikkaavat kanalan tuleen ja lähtevät pois.

Heti niiden kadottua näkyvistä Elvi syöksyy pihalle ja sadevesisaaville. Hän kumoaa monta ämpärillistä vettä palavan kanalan kulmalle. Onneksi olivat huonoja ja huolimattomia tulensytyttäjiä, hän saa rakennuksen sentään pelastettua. Pienellä korjaustyöllä sen saisi taas helposti asuttavaan kuntoon. Eipä vaan ole ainuttakaan lintua siellä enää asumassa. Kaikki munatkin on viety tai särjetty pitkin seiniä ja lattiaa. Elvi lysähtää maahan istumaan ja ulisee, minkä kurkusta lähtee.

Koko yön hän itkee ja vaikeroi kanalan kylmällä lattialla. Mitään elävää eivät kelvottomat jättäneet. Sotilaat ovat, mitä ovat, niitä tulee ja menee, eikä hän niitä myöhemmin muistele. Vaan kanat ne olivat hänen omiaan, samalla kertaa hänen perheensä ja elantonsa lähde. Hän ei välitä enää tarkkailla sotilaiden marssia. Jäykistynein jäsenin hän raahautuu aamulla kanalasta mökkiin. Hän

49

päättää hakea ullakolta isän vanhan kiväärin ja ampua jokaisen, joka vielä tulee hänen pihalleen. Se hänen olisi pitänyt heti tehdä.

Hän on juuri saanut tikkaat vedetyksi esiin talon alta, kun pihalle ilmestyy kuin tyhjästä kaksi nuorta sotilasta. Niillä on selässä reput ja ne kantavat suurta laatikkoa välissään. Kivääri on vielä ylhäällä ullakolla.

– Huomenta rouva, huudahtaa toinen sotilaista iloisesti. – Tarvitsette varmasti apua tikkaitten nostamisessa.

Ne harppovat riuskasti Elvin viereen ja kohottavat painavat tikkaat seinää vasten ullakonluukun kohdalle.

– Tähänhän ne piti saada?

– Juuri siihen, mutisee Elvi.

Saapahan hän kiväärin sitten helpommin alas ja ampuu ne heti seuraavalla kerralla.

– Vääpelin käskystä toimme rouvalle takaisin kuusi erehdyksessä takavarikoitua kanaa, joita armeija ei tarvitse. Neljä erehdyksessä syötyä elikkoa armeija korvaa muonavaraston kahdeksalla lihasäilykepurkilla, ilmoittaa sotilas.

Hämmästyneenä Elvi katselee, miten miehet kantavat nurkan takaa kanat häkeissä sisälle kanalaan. Vanha huono munija näyttää ainakin olevan pelastuneiden joukossa.

– Minnekä lihapurkit viedään? kysyy sotilas. – Tupaanko kannetaan, vai onko teillä joku kellarintapainen?

– En halua niitä, Elvi sanoo tuikeasti. – Viekää, minne lystäätte, kunhan häipyvät silmistäni.

– Käskettiin jättää tänne kahdeksan säilykepurkkia, käsky on käsky, ja meidän on toteltava, sanoo sotilas ja alkaa nostella purkkeja repuista talon seinustalle. Toinen sotilas on ollut koko ajan hiljaa ja katselee nyt hämillisenä maahan.

– Mitä tämä tämmönen touhu on, että ensin ryöstetään ja tuhotaan ja sitten tullaan väkisin kaikenlaisella rojulla korvaamaan? Elvi kysäisee tältä aremmalta mieheltä. – Sodan ja armeijan lakejako tässä taas noudatetaan?

– Kyllä, rouva. Ei rouva, mutisee sotapoika ja vilkaisee häntä onnettoman näköisenä. – Kun meidän eilen oikeastaan piti tulla kysymään, liikenisikö teiltä munia myytäväksi. On jo kauan marssiessa katsottu tuota teidän kanalaa.

– Tulitte ostamaan munia? Elvi puuskahtaa ällistyneenä.
– No, eipä teille ole vielä paljon kaupassakäyntiä keretty opettamaan.

Näiden nuorten ja lapsellisten poikien edessä hän yrittää olla ajattelematta eilisiä kauhun ja tuhon hetkiä. Rivakampi pojista on saanut purkit mieleiseensä järjestykseen ja astelee nyt hänen luokseen. Kovin nuori sekin on, kuten Elvi eilen jo arveli. Ei hän tuon ikäisille pahaa tee, katsoopa vaan, että saa ne pidettyä kurissa.

– Tehtävä suoritettu, rouva, kajauttaa poika niin reippaasti, että Elviä melkein hymyilyttää. Sitten hän muistaa eilisen tihutyön.

– Missäs mun kukkoni on? hän kysäisee, ja kiukku kuohahtaa taas hänen suonissaan. – Kuusi kanaa palautitte, neljästä maksoitte verirahaa kaksi säilykepurkkia henkeä kohti. Entäs mun poltettu kanalani, ja missäs mun komea kukkoni on?

– Käskyssä ei ollut muuta, sanoo sotilas. – Tehtävä suoritettu, poistumme nyt, rouva. Pojat keikauttavat reput selkäänsä ja poistuvat kiireen vilkkaa.

– Sanokaa vääpelille, että palauttaa mun kukkoni, Elvi kiljuu niiden perään.
Kaukaa pellon laidalta kuuluu niiden lupaus viedä sana. Jos vääpeli ilmaantuu tänne kukon kohtaloa selvittämään, hän ampuukin sen sitten ensitöikseen. Tuli ne raskaat tikkaatkin sopivasti asetettua oikeaan kohtaan. Olisi hän ne yksinkin siihen saanut, mutta kova työ siinä olisi ollut.

Elvi kiipeää ullakolle ja tuo vaatekäärön sisään piilotetun kiväärin tupaan.
Sitten hän kiirehtii katsomaan, onko lyhytaikainen vankeus vahingoittanut kanoja. Toisen karsinan seinät jäivät ehjiksi, ja toisenkin voisi kai helposti korjata. Hän päästää kanaraukat vapaiksi ehjään aitaukseen, ruokkii ne ja rauhoittelee niitä leppeällä juttelulla. Hän toivoo, etteivät ne olisi joutuneet näkemään omaistensa teloi-

tuksia. Hän ei tiedä, onko niillä sama huoli kukosta kuin hänellä. Ne vain kaakattavat tavalliseen tapaansa ja rauhoittuvat pian tutussa kodissaan. Vanha kana lennähtää jopa munimispesään ja kotkottaa innoissaan kuin munimaan olisi ryhtymässä. Niitä on niin vähän, että hän voisi vaikka keksiä niille nimet.

Elvi kantaa sitten säilykepurkit pihalta kanalaan ja kätkee ne irtonaisen lattialaudan alle turvaan. Ruoka on ruokaa eikä sitä kannata haaskata tai asettaa alttiiksi varkaille. Katsoessaan tyhjää kana-aitausta hänen mielensä täyttää murhe. Hän muistelee neljää surmattua lintua ja tuntee olonsa kuolemanväsyneeksi. Hitaasti hän menee mökkiinsä ja päättää kunnostaa kiväärin vasta illemmalla.

Koko illan pitkälle yöhön Elvi sitten ahertaa. Hän puhdistaa ja rasvaa kiväärin käyttökuntoon. Hän korjaa kanalan palaneen nurkan vanhoilla laudanpätkillä ja siivoaa niin kanalan kuin mökinkin. Hän haluaa hävittää kaikki tuhotyön jäljet ja samalla valmistautua pahimman varalle. Lopuksi hän kylpee suuressa soikossa. Hän avaa myös tukkansa sykeröltä ja pesee sen pitkästä aikaa. Tukka hänellä on kaunis; pitkä ja kullankeltainen, vaikka jokunen hius onkin jo harmaantunut. Ruumis on vanhentunut ja ruma, mutta vielä se toimii siinä, missä pitääkin. Halutessaan hän saa miehen kuin miehen helposti kiedotuksi pauloihinsa.

Elvi kuivattelee hiuksiaan lieden lämmössä ja katsoo tupaa. Jotta kaikki olisi kunnossa, kuparit pitäisi vielä kiillottaa ja pesusta tullut musta mekko silittää, mutta hän ei jaksa tehdä heti enempää. Hän oikaisee hetkeksi lavitsalle lepäämään.

Elvi on kai nukahtanut, sillä hän havahtuu aamupäivän kirkkaaseen paisteeseen ja vääpelin karjumiseen, kun se seisoo ulkona ja hakkaa hänen oveaan.

– Avatkaa rouva armeijan nimissä! se huutaa.

Ovi ei ole salvassa, ja se kompastuu sisään oman jyskytyksensä voimasta. Elvi nousee istumaan laverilla ja vetäisee peitettä paremmin suojakseen. Kenkiä ei hänellä ole jaloissa, eikä tukkakaan vielä sykeröllä huivin alla.

– Lähetitte sanan kukosta! karjaisee vääpeli Elviä tiukasti tuijottaen.

Se astuu pari askelta lähemmäksi, ja Elvi hypähtää kiireesti lavitsalta seisomaan säädyttömän paljaat jalkansa unohtaen.

– Raiskaamaankos sitä taas tultiin ja väkivaltaa tekemään? hän sähähtää kiukkuisesti.

– Kukkoasiaa, rouva, toistaa vääpeli häpeämätön kiilto silmissään. – Kukolta tuli vahingossa väännettyä niskat nurin sotilaallisessa selkkauksessa. Sodissa sattuu sellaista, eikä armeija katso olevansa korvausvelvollinen. Jo tässä on korvattu muutenkin kylliksi.

– Se oli minulle hyvin rakas kukko, Elvi sanoo hiljaa pari kyyneltä silmistään tiristäen. Hän muistelee kaihoisasti, miten hauskaa kukkoa oli aina kiusata. – Mikä kanala voisi sitä paitsi kukotta menestyä? Kanat munivat huonommin, ja poikasia ei tule ollenkaan. Saat hankkia minulle uuden kukon, enhän minä täältä mihinkään pääse, kun joka puolella on vain sotaa ja sotilaita.

– Onkos teillä rahaa? tiedustelee vääpeli empivän näköisenä. – Armeija ei korvaa kaikkia pikkuhaavereita, mutta voisin tietysti lähettää pojat hoitamaan asian teidän laskuunne.

Aikoo näköjään petkuttaa ja ryöstää patjan alle piilotetut rahani, ajattelee Elvi ja kiirehtii vakuuttamaan, ettei hänellä kyllä niin killinkiäkään ole kätkössä.

Vääpeli katselee häntä epäluuloisena ja jo hiukan kyllästyneen tuntuisena ja yrittää ajatella.

– Jos tehtäisiin näin, se sitten sanoo pitkään asiaa tuumattuaan. – Jos ottaisitte seuraavista munista tusinan talteen ja pitäisitte huolta, etteivät pilaannu. Armeija ostaa teiltä nämä virheettömät elintarvikkeet, ja sillä rahalla maksatte kukon. Pojat hankkivat ja tuovat sen teille, kun löytävät.

Elvi nyökkää yrmeästi. Hän on oikeastaan hämmästynyt siitä, että vääpeli osaa puhua noinkin pitkään. Tavallisestihan sotilaat vain lyhyesti karjahtelevat. Ne marssivat, tappavat ja huutavat, mutta puhe ja se ajattelupuoli on niillä yleensä vähän heikonlaista.

Vääpeli hymyilee hiukan, astuu lähemmäksi ja koskettaa yhtä Elvin roikkuvaa hiussuortuvaa.

– Kauniit hiukset, kuin kypsää viljaa, se sanoo mairleasti.

– No nytkö se kumminkin tuli se raiskaus ja väkivalta! Elvi parkaisee. – Kuppako sinulla on vai mikä paha tauti, jonka viattomaan haluat tartuttaa?

Vääpeli jää hetkeksi tuijottamaan häntä suu auki pienen ja hölmön näköisenä.

– Vai vielä kuppa, se viimein tuhahtaa. – Taidat olla kyllä aika jälkeenjäänyt tämän maailman asioissa.

– Jälkeenjäänyt olenkin, Elvi tiuskaisee vastaan. – Mies jätti jälkeensä. Yli kaksikymmentä vuotta sitten se lähti sotimaan eikä enää luokseni palannut.

– Se asia on kyllä pian autettu, naurahtaa vääpeli karkeasti, riipaisee vaatteet yltään ja hyökkää hänen kimppuunsa. Elvi huutaa apua ja raiskausta, mutta kukapa häntä tänne kuulisi, eikä tietysti ole tarpeenkaan. Niinpä hän heittäytyy nauttimaan lemmen iloista, kun muutakaan ei voi.

Jälkeenpäin hän katselee nukahtanutta vääpeliä kauan ja silittää sitten sen päätä ja paksua niskaa. Se havahtuu hetkessä hereille ja katsoo häntä hymyillen kuin paremminkin tuntisi.

– Kaunis olet sinä armaani, katso, kaunis sinä olet, se sanoo, ja Elvin sydän pysähtyy hetkeksi järkytyksestä. Voisiko se olla se?

– Tuo taitaa ollakin ainut värssy, jonka koskaan olet osannut, hän sanoo kokeillen.

Vääpeli ponnahtaa istumaan, tarttuu hänen päähänsä molemmin käsin ja katsoo hänen kasvojaan kauan ja tarkkaan.

– Sinäkö se olet? hän lopulta kysyy. – Sinäkö se todella olet? Minun vaimoni?

– Eiköhän useimmilla sotilailla ole vaimot jossakin, Elvi sanoo. – Jossakin kaukana aikojen ja matkojen päässä. Eihän ne niitä muistakaan, kun sotimista tärkeempänä pitävät. Olen minä sinun vaimosi.

Vääpeliä suututtaa. Hän ei ollut tuntenut naista, mutta ehkä nainen oli tuntenut hänet. Ja ehkä se juuri siksi oli käyttäytynyt niin oudosti. Varmasti se oli tuntenut hänet.

– Saatanan akka! hän karjaisee ja tönäisee Elvin luotaan. – Sinähän olet pitänyt minua kaiken aikaa pilkkanasi.

Selkänsä alla Elvi tuntee kovana möykkynä patjan alle piilotetun kiväärin.

– Mitenkä minä nyt sinua muka olisin pilkannut? hän kysäisee.

– Olit olevinasi kuin et oisi ollenkaan tuntenut, vääpeli huutaa julman näköisenä. – Nauroit minulle salassa kaiken aikaa. Turha on minulle väittää, ettei vaimo miestänsä tunne, vaikka nyt jokunen vuosi olisikin vierähtänyt.

– Kaksikymmentä vuotta siinä vierähti, sanoo Elvi. – Ehkä en tuntenut enää. Ehkä olin jo melkein unohtanut. Sinusta on mukavampi ajatella, että tunsin ja pidin vain pilkkanani. Mun puolestani ajattele, mitä haluat. Et sinä muutenkaan mitään tiedä. Et tiedä edes sitä, että kun jätit minut silloin, jätit myös siemenen kohtuuni kasvamaan. Poika siitä tuli, komea ja reipas. Kuudentoista iässä se karkasi sotaan isäänsä etsimään. Ei tainnut löytää, kun jo ensimmäisessä kahakassa kaatui. Sen nimi oli Juhani.

Vääpeli tuijottaa häntä hetken ja menee sitten ikkunan luo.

– Minulla oli poika, josta en edes tiennyt, se viimein sanoo. – Se syntyi, eli ja kuoli, enkä minä sitä koskaan tuntenut.

Se seisoo kauan katsellen ikkunasta karua keltaista peltoa. Mitään ei puhu, mitä lie ajattelee. Viimein se alkaa puhua selin ja Elviin katsomatta.

– Heti, kun pääsin lomille, menin kotiin, se sanoo. – Kylä oli tuhottu, talot poltettu, ja kaikkien sanottiin kuolleen.

– Sitähän se sota on, sanoo Elvi.

Vääpeli on taas pitkään hiljaa.

– Jospa lähtisin armeijasta, se sitten sanoo. – Nyt ei pahemmin enää sodita missään, ei olisi kunniatonta lähteä. Alokkaita minä vain kouluttelen, ja polvikin reistailee pahasti marsseilla. Me voitaisiin laittaa tämä paikka kuntoon, muokata ja kylvää tuo iso hyvä peltokin.

– Se olisi kaunis, täynnä kukkia, Elvi sanoo sen enempiä harkitsematta. – Olen usein aatellut, miten mukavalta marssiva sotilasosasto näyttäisi kirjavan kukkapellon keskellä.

Vääpeli käännähtää äkkinäisesti ja harppoo Elvin ja vaatteidensa luokse.

– Ne kukanretaleet voit istuttaa kanalan kupeelle, se tuhahtaa housuihinsa sulloutuen. – Pelto pannaan kasvamaan ruista, niin saadaan ruokaa ja rahaa. Minä tulen tänne sitten huomenna.

Se vetää saappaat jalkaansa, tarttuu kivääriinsä ja lähtee tuikean näköisenä ovelle. Siitä se kumminkin kääntyy vielä katsomaan Elviä.

– Ehkä me voitaisiin vielä joku lapsikin saada, se sanoo. – Et sinä niin ikäloppu naiseksi sentään vielä ole.

Ikkunasta Elvi katselee, kun se marssii reippaasti pellon poikki ja näyttää vielä viheltelevän mennessään.

Olikohan se sittenkään sama mies, jonka kanssa menin aikoinani vihille? Elvi miettii hajamielisesti. Ei se ehkä sittenkään ollut. Ihmiset muuttuvat niin paljon vuosien mittaan, ja sotilaspuvussa kaikki miehet ovat toistensa näköisiä. Lemmenhetken lopuksi monikin mies kehuu naisen kauniiksi, vaikkei hän juuri tuota värssyä ollutkaan kuullut aikoihin.

Tänään on vuosipäivä. Neljä vuotta sitten tuli poika tapetuksi. Pojan kuoleman vuosipäivänä Elvi ampuu aina sen muistoksi sotilaan. Kun tuli tieto sen kuolemasta, hän meni suoraan linjoille ja ampui yhden. Se oli hänen tapansa säilyttää järkensä. Kolme sotilasta hän on tähän mennessä ampunut, ja nyt onkin neljännen vuoro. Hän hakee kiväärin esiin patjan alta ja avaa mökin ikkunan. Kiväärissä on vaimennin, eikä kukaan tule kuulemaan laukausta. Ruumis on helppo haudata yöllä pellon mustaan multaan. Hän kohottaa kiväärin, suuntaa sen kohti vääpelin loittonevaa selkää ja painaa liipaisinta.

Juuri silloin vääpeli jostain syystä kumartuu, ja luoti viuhahtaa ohi. Kuullessaan suhahduksen se kääntyy katsomaan mökin suuntaan. Elvi pudottaa kiväärin nopeasti lattialle. Ruiskukkia kädessään vääpeli vilkuttaa hänelle iloisesti pellolta. On mokoma pysähtynyt poimimaan muutaman kukanretaleen ja sillä nyt pelastanut henkensä.

Elvi vilkuttaa huojentuneena takaisin ja päättää palauttaa kiväärin ullakolle. Kolme vierasta sotilasta hänen pojastaan saattaisi riittää sovitukseksi. Ei mikään tuo Juhania koskaan takaisin.

Hän ei tiedä vieläkään varmasti, onko vääpeli hänen vihitty miehensä ja poikansa isä. Ehkä sillä ei sen suurempaa väliä olekaan. Jos se haluaa elää ja tehdä työtä hänen kanssaan ja silloin tällöin vielä lausuu hänelle säkeen Korkeasta Veisusta, ei hän elämältä enempää osaa oikeastaan vaatiakaan.

Ja ainahan sen kiväärin saa ullakolta alas, jos tilanne sitä vaatii.

KUU TAIVAALTA

Mies, nainen ja kaksivuotias lapsi vaeltavat venesatamassa tummana talvi-iltana. Mies katselee peiteltyjä veneitä ja uneksii kesästä. Lapsi ihmettelee poijuja, jotka kelluvat mustan veden pinnalla. Nainen palelee vähän, mutta tähtikirkas ilta kiehtoo hänen mieltään. Äkkiä hän huomaa taivaalla täysikuun.

– Katso, Ilmo, hän sanoo lapselle. – Katso, miten kaunis kuu.

Lapsi tuijottaa taivaalle, ja hänen kätensä kurkottaa innoissaan kuuta kohti. Vielä suurempi ja kirkkaampi pallo mustalla taivaalla kuin nuo punaiset pallot mustassa vedessä. Maailma on ihmeellinen paikka täynnä odottamattomia iloja.

– Kuu, hän toistaa. – Suuri kuu. Ilmo tahtoo sen.

Hän kääntyy katsomaan vanhempiaan. Äiti on suuri, mutta isä vielä suurempi. Isä nostaa hänet kattoon saakka ja ottaa komeron ylähyllyltä tavaraa ilman tikkaita.

– Isi antaa Ilmolle ton kuun, hän pyytää.

Vanhemmat hymyilevät. Mies nousee varpailleen ja kurkottaa kätensä taivaalle kuuta kohti. Naisen ja lapsen ihailevien silmien edessä hän kasvaa ja venyy jättimäisen suureksi, kunnes hänen kätensä hipaisee taivaan loistavaa palloa. Sitten hän kutistuu taas entiselleen ja nauraa.

– Ei isi sittenkään ylettynyt, hän sanoo.

Lapsi näyttää pettyneeltä.

– Eihän kukaan voi ottaa kuuta taivaalta, sanoo nainen.

– Se vain valaisee sieltä öisin, ja sitä katsellaan kaukaa.

Lapsi siirtää taas huomionsa vedenpinnalla keikkuviin poijupalloihin.

– Kyllä minä vielä annan pojalle kuun tuolta taivaalta, sanoo mies naiselle.

– Ei lasten tarvitse saada kaikkea, mitä ne keksivät pyytää, sanoo nainen. – Se on pahaksi niiden luonteelle. Eikä se sitä paitsi ole mahdollista.

– Mikä tahansa on mahdollista, jos vain tarpeeksi tahtoo ja yrittää, sanoo mies. – Kyllä minä vielä keinot keksin, saatpa nähdä.

Nainen ei kuuntele enää, vaan juoksee lapsen perään. Tämä kurkottelee niin innokkaasti kohti lähintä poijua, että on vaarassa pudota satama-altaaseen.

Mies ei pääse mielessään eroon aikeestaan valloittaa kuu ja tuoda se pojalleen. Hän tuntee olevansa kovin tavallinen ja siksi mitätönkin mies. Hänellä on hyvä ammatti ja työpaikka. Tuloja on riittävästi eikä velkoja ollenkaan. Asunto on sopiva hänen pienelle perheelleen, ja autokin hänellä on, vaikka vähän vanhanmallinen. Kesäksi hän haaveilee hankkivansa pienen veneen. Vaimo on mukava ja seksikäs, vaikka turhan keskittynyt pojan kasvuun ja tekemisiin. Poika taas on paljon hauskempi kuin hän oli ennen sen syntymää osannut aavistaakaan. Kaikki on hyvin, mutta jotakin hänen elämästään on silti puuttunut. Hän haluaa olla suurmies. Hän haluaa saada elämässään aikaan jotain todella merkittävää. Hän haluaa hakea pojalle kuun taivaalta. Koskaan elämässään hän ei muista kokeneensa niin huikaisevaa riemua kuin kasvaessaan rannalla vaimonsa ja poikansa ihailevien katseiden alla. Nyt hänellä on päämäärä.

Mies alkaa työnsä ohella opiskella tähtitiedettä ja fysiikkaa ja kohentaa fyysistä kuntoaan. Perheelle häneltä ei enää jää paljonkaan aikaa. Poika kasvaa, hänen leikkinsä ja puheensa muuttuvat, mutta mies tuskin huomaa sitä. Kimallus vaimon silmistä sammuu, ruusut hänen poskiltaan haalenevat, ja hänen nauravainen olemuksensa muuttuu yhä totisemmaksi, mutta mies tuskin huomaa sitä. Hänellä on päämäärä.

– Isi ei välitä meistä enää, sanoo poika äidilleen.

– Kyllä isä välittää, puolustelee nainen. – Isällä on vain niin paljon työtä, ettei se ehdi olla meidän kanssa kovin usein.

– Tietysti välitän, puuskahtaa mies. Kaikki häiriö on ärsyttävää, kun keskittyy toteuttamaan elämäntarkoitustaan. – Juuri teidän takiannehan minä tässä uurastan itseni melkein hengiltä. Mutta kun ihmisellä on päämäärä, siinä ei auta paljon sivuille vilkuilla ja välittämisistä piitata. Muuten ei pääse sinne, mihin tahtoo.

Hän ahertaa illat ja viikonloput ja lopulta yötkin. Lopulta hän matkustaa vieraaseen maahan, jossa hän pääsee sen avaruustutkimusyksikköön. Yksikössä suunnitellaan parhaillaan ihmisen ensimmäistä matkaa kuuhun, ja hän on ainoa ulkomaalainen, joka valitaan mukaan hankkeeseen.

Nainen jää huolehtimaan kodista ja kasvattamaan poikaa. Hän oppii selviytymään ilman miestä, eikä pojallakaan suurempia vaikeuksia elämässään ilmene. Nainen on tyytyväinen omaan osaamiseensa, mutta iloinen hän ei enää osaa olla. Hänen sieluaan kaihertaa outo tyhjyydentunne, joka etenkin öisin saa hänet helposti valtaansa. Hän sairastaa myös flunssan toisensa jälkeen ja on lähes aina puolikuntoinen. Lopulta ystävät saavat vedetyksi hänet mukaan rientoihinsa, ja hän onnistuu myös hankkimaan työtä itselleen. Hänen elämänhalunsa palaa ennalleen, flunssat katoavat ja hän tottuu elämään, jossa ei miestä juuri näekään.

Eräänä päivänä mies alkaa sitten valmistautua kotimatkalle. Hän on lopultakin käynyt kuussa kolmen muun miehen kanssa. Tieteellisten näytteiden lisäksi hän on lohkaissut kunnon kimpaleen kuunkamarasta kotiin vietäväksi. Saatuaan viimeisetkin tutkimusraportit laadituksi hän hyvästelee työtoverinsa ja pääsee lähtemään kotiin.

Vasta lentokoneessa hän kunnolla tajuaa, miten kauheasti on jo ehtinyt kaivata vaimoaan ja pikkuista poikaansa.

– Olen tehnyt mitä lupasin ja mikä järjen puitteissa oli mahdollista, hän ajattelee. – Olen täyttänyt heidän toiveensa. Nyt he ihailevat ja kunnioittavat minua ja saan vihdoinkin nauttia kodin lämmöstä.

Taksissa matkalla lentoasemalta kotiin hänen sydämensä alkaa pamppailla jännityksestä. Kärsimättömyyksissään hän juoksee portaat toiseen kerrokseen ja hänen sydämensä hakkaa niin kovasti, että hän pelkää sen pakahtuvan ilosta. Kiireisen hosuvasti hän haparoi kodin oven auki.

– Hei, kotona ollaan! hän huutaa ovelta.

Hän odottaa pienten askelten ryntäävän luokseen,

mutta mitään ei kuulu. Ehkä vaimo ja poika ovat ulkona leikkipuistossa, hän ajattelee kelloaan vilkaisten. Se taitaa tosiaan olla niiden tapana tähän aikaan päivästä.

Pian rappukäytävästä alkaakin kuulua lapsen mekastusta ja vaimon toruskelua, kun tämä nauravin äänin yrittää hillitä pojan pahinta riehumista. Pieni kirkkaansiniseen toppahaalariin puettu hahmo ryntää ovesta sisään, paiskaa rukkasensa pitkin seiniä, vetäisee saappaat jalastaan ja sinkauttaa ne kaaressa ilmaan niin, että toinen kolahtaa kipeästi miehen sääriluuta vasten.

– Hei Ilmo, nyt isi sitten tuli kotiin, sanoo mies hymyillen ja hieroo salaa kipeää säärtään.

– Oliko puistossa tänään mukavaa?

Lapsi jää tuijottamaan häntä ääneti ja pujahtaa sitten naisen selän taakse turvaan.

– Ei kai Ilmo sentään ole ruvennut isiä vierastamaan, ihmettelee mies.

Hän vilkaisee naiseen ja jäykistyy. Kuka on tuo vieras vakava nainen, joka kulkee hänen kotonaan omilla avaimillaan? Ei kai vaimo sentään ole mennyt töihin ja jättänyt heidän ainokaistaan vieraan hoitoon?

– Ei tämä ole Ilmo, sanoo nainen vähän hymähtäen.

– Tämä on Aki, Ilmon poika. Olenhan minä toki kirjoittanut sinulle kaikesta. Katsopas Aki, ukki on tullut kotiin. Ollaanhan me sentään ukista puhuttu ja kuviakin katsottu.

Lapsi kurkistaa naisen takaa epäluuloisen uteliaana.

– Anna, mummu, ruokaa, se sitten vaati. – Mennään, mummu, äkkiä keittiöön syömään. Nainen alkaa riisua lapselta haalaria.

– Kai sinäkin jotain syötävää ottaisit, hän sanoo miehelle. – Jos olisit ilmoittanut tulostasi, olisin osannut paremmin varautua. Jauhelihakastiketta minä tälle lämmitän, mutta ehkä pakastimesta jotain parempaakin löytyisi, jos se ei maita sinulle.

– Kyllä jauhelihakastike minulle kelpaa, sanoo mies ja alkaa kuin unessa riisua päällystakkiaan.

Tietysti siinä on hänen vaimonsa, ja poika on pojanpoika. Mitenkä se muisti ja mielikuvitus niin tekivätkin tepposensa? Mutta kyllä vaan on vaimo kauheasti muuttunut ja vanhentunut. Minne olivat kadonneet pitkät punaruskeat kiharat, pilke silmäkulmassa ja lantion ärsyttävä keinautus? Kuinka se olikin saattanut päästää itsensä tuon näköiseksi? Lyhyt, harmaankirjava tukka, totiset silmät epäpukevien rillien takana, kulmikas suloton vartalo, ja rinnatkin vielä noin olemattomiin lytistyneet. Tuolle hän sitten oli ostanut kokonaisen kassillisen houkuttelevia vaatekappaleita tuliaisiksi. Mitä niilläkin nyt tekisi? Eikä se sitä paitsi hänen kotiintulostaan ja urotyöstään tuntunut pahemmin piittaavan.

– Ruoka on kohta valmista, huutaa nainen keittiöstä.

– Tule tänne sinäkin, on paljon helpompaa syödä Akin kanssa täällä.

– Olisinhan minä laittanut juhla-aterian paluusi kunniaksi, jos olisin tiennyt, hän jatkaa hieman hymyillen.

– Olisin myös voinut käydä kampaajalla ja kauneushoitolassa, ettei sinun heti alkuun olisi tarvinnut niin kovasti pelästyä tämmöistä sulotonta akkaa.

Naisen silmissä pilkahtaa jotain entisestä naurusta.

– Mitä sinulle oikeastaan kuuluu? Jokos olet tullut jäädäksesi? Hän leikkaa kurkusta viipaleita kaikkien lautasille.

– Ei kai minulle mitään sen ihmeempiä kuulu, sanoo mies häkeltyneenä. – Kävin lopulta kuussakin, mutta taisin siitä jo kirjoittaakin. Tutkimusraporttia olen laatinut nämä viimeiset kuukaudet.

– Ollaan me toki teeveestä ja lehdistäkin seurattu, sanoo nainen. – Ei, Aki, älä purskuta maidolla, tulee ruma ääni ja kohta sotkua pöydälle.

– Nyt minä sitten jään kotimaahan, sanoo mies. – Kappaleen kuuta toin Ilmolle omaksi, niin kuin lupasin. Kokonaista kuuta en tietenkään voinut tuoda, kun se on niin suuri, mutta kun Ilmokin on jo aikuinen, niin kaipa se ymmärtää tämän asian.

– Varmasti ymmärtää, sanoo nainen. – Mahtaneeko koko lupausta enää muistaakaan. Vai jäät sinä nyt kotiin.

– Ootko sinä ukki ihan totta käynyt oikeesti kuussa? kysyy Aki. – Eikö sieltä yhtään tipahda alas?

Miehen kasvoille leviää hymy. Kovin se Ilmoa muistuttaa, vaikka onkin noin tumma.

– No, kuussahan se ukki on hypellyt, hän sanoo. – Ei sieltä niin vain tipahda. Se olikin aikamoinen reissu, kun ukki ja kolme muuta ukkoa mennä suhautti sinne avaruusraketilla. Jännää siellä oli, ja avaruus on niin kaunis ja kiehtova, ettet osaa kuvitellakaan.

– Mikä avaruus, poika tiukkaa. – Ai tähdet ja kuuko?

– Syöpäs nyt, Aki, ettei ihan jäähdy, nainen muistuttaa.

– Avaruus on kaikki se, mikä on meidän ympärillämme ja vielä kauempanakin. Taivas. Siihen kuuluvat kyllä tähdet, aurinko ja kuu, mutta oikeastaan se on tyhjyyttä, selittää mies.

Poika tuijottaa häntä hetken kulmat kurtussa, mutta hymyilee sitten.

– Kuu on iso yölamppu ja tähdet pienempiä. Aurinko on päivälamppu, hän sanoo. – On se kuu kyllä minustakin kaikkein kaunein. Mutta ei siellä tyhjyyttä voi olla, sehän on taivas ja täynnä enkeleitä. Ja jossakin linnassa pilvien päällä asuu Jumala. Kuinka sinä, ukki, et tiedä sitä?

– Ukki taitaa tietää enemmän maanpäällisistä enkeleistä, joilla on pitkät kiharat hiukset, sanoo nainen.

– Ihan kun mun äidillä, poika hihkaisee. – Se on kyllä kaikista kaunein. On mummukin kyllä aika nätti, kun sillä on noita hassuja ryppyjä naamassa ja kaulassa.

Poika ojentaa pienen kätensä ja silittää omistavasti sormillaan naisen kasvojen juonteita.

– Näätkö ukki, miten nätti mummu on ja miten paljon sillä on näitä hienoja ryppyjä?

– Näenhän toki, vastaa mies ja yllättäen kyyneleet kihoavat hänen silmiinsä. Ehkä lapsi vielä joskus mieltyy häneenkin ja hänen vanhuudenkurttuihinsa. Vielä hän itse on onneksi mies parhaassa iässään, vahva ja viriili, eikä vähääkään rupsahtanut niin kuin tuo vaimoraukka.

– Aki se on oikea kullannuppu, toteaa nainen. – Mitäs jos soittaisin Ilmolle töihin ja pyytäisin illalliselle tänne? Anne nyt kumminkin tulee hakemaan Akin. Jos niillä ei ole mitään tärkeää menoa, voitaisiin syödä ainakin kunnon kakku ja juoda samppanjat paluusi kunniaksi.

– Mun isi on merkkonoomi, selittää poika. – Se myy kaikenlaisia autoja ja tietää kaiken autoista. Se saa ajaakin kaikilla uusilla autoilla, jos vain tahtoo. Mä pääsen hirmu usein sen kanssa töihin, ja me katellaan kaikki uudet autot yhdessä. Sitten sillä on autopuhelinkin, niin että se voi ilman vaaraa soittaa kelle vaan samalla, kun se ajaa autoa. Onko sulla ukki autopuhelin?

– Ei, sanoo mies yllättyneenä. – Eihän ukilla tällä hetkellä ole autoakaan. Ehkä se Ilmo voisi hankkia minulle sopivan, jos kerran on sillä alalla.

Hän tuijottaa apua anovasti vaimoaan, mutta tämä vain korjailee astioita tiskipöydälle ilmeettömin kasvoin.

Tavattuaan poikansa ja miniänsä mies on entistäkin hämmentyneempi. Pettyneenä hän alkaa soimata vaimoaan heti heidän jäätyään kahden.

– Kuinka sinä tuommosen meidän pojasta olet tehnyt?

– Mikäs vika siinä Ilmossa nyt muka on? ihmettelee vaimo. – Hyvä ja rakas poika se minulle aina on ollut. Lahjakaskin se on, sai aina koulusta parhaat arvosanat, ja hyvin se on työssään menestynyt. Eikös siitä ihan kunnon mies ole tullut?

– Mitä varten se merkonomiksi itsensä luki? Miksei opiskellut pitemmälle? Miksi se tyytyi autonmyyntiin ja miksi ihmeessä nai tuollaisen värittömän ja yksinkertaisen tytön? Siinä se nyt elää minun ainoa poikani tollasta ahdasta pientä elämää, jossa kaikki on arkista ja keskinkertaista. Kyllä minä luulin sille paremman esimerkin antaneeni.

– Ei pojat aina seuraa isänsä esimerkkiä, sanoo vaimo.

– Ilmo on onnellinen Annensa kanssa. Merkonomikoulutusta se piti sopivana pohjana työelämää varten. Se sanoi opettelevansa asiat aina työpaikan mukaan, ja ettei se halunnut tuhlata aikaa turhien oppiarvojen takia. Ilmo on järkevä ja harkitseva luonnoltaan. Tietysti se tahtoi myös päästä pian kaikin puolin itsenäiseksi.

– Se on jotenkin niin umpikieron tuntuinen, koko ajan niin hiljainen ja kohteliaskin, valittaa mies. – Ei se juuri mitään sanonut kuukimpaleestakaan, jonka sille toin. Kappale on ainakin miljoonan arvoinen, jos myydä tahtoisi. Se vaan sanoi jotain vältteleyää ja kohteliasta, miten mukavaa on, kun isä on semmonen sankari ja ihmemies ja miten se on aina uutisista seurannut mun vaiheitani.

– Kunhan taas vähän tutustutte, sanoo vaimo haukotellen, sytyttää lukulampun valon ja avaa kirjan merkin kohdalta. – Kunhan taas tutustutte, se puhuu kanssasi varmaan enemmän. Se oli vain lapsi, kun lähdit. Nyt se on aikamies, jolla on aikamiehen tunteet ja ajatukset siinä kuin sinullakin. Yritä tutustua siihen uudestaan.

Vaimo asettelee tyynyn mukavammin selkänsä taakse ja syventyy kirjaansa.

– Voi sitä helvetin paskiaista, sanoo Ilmo Annelle. – Siinä se sankari nyt sitten mahtaili ja rehenteli, minkä kerkesi. Ihan iljetti kuunnellakin. Näitkö, miten se samalla halveksi meitä ja meidän elämää?

– Näinpä hyvinkin, vastaa Anne. – Muakin se katteli, niin kun mä oisin joku halpahallista hankittu tavara. Eipä se sun äitiskään ole kyllä koskaan pitänyt mua kyllin hyvänä sulle.

– No äidit nyt on semmosia, mustasukkanen eukko vaan on, puolustelee Ilmo puoliksi lauhtuneena, ojentaa kätensä ja hyväilee Annen pyöreää takamusta. – Isä on tietysti niin vanha, ettei se enää ymmärrä tämmösten halpahallikinkkujen päälle. Jokos mentäisiin makuuhuoneeseen ja unohdettaisiin sankarivanhus?

– Ylimääräinen raha olisi tietysti ihanaa, haaveilee Anne villapaitansa sisältä riisuutuessaan, ja Ilmo synkistyy uudestaan.

– Meidän elämä on meidän elämää, hän rähähtää. – Kun mä olin lapsi ja nuori, sain aina pärjätä ilman isää. Aina se oli kiinni jossain avaruusjutussa ja lopulta kokonaan toisessa maassa. Kehuskelukirjeitä se sieltä lähetteli, ja joskus tuli lahjaksi vääränikäiselle ja toisenluontoiselle pojalle tarkoitettuja tavaroita. Ei se musta mitään tiennyt eikä tahtonutkaan tietää. Pelkän äidin avulla mä olen kasvanut ja yrittänyt pärjätä, mutta eihän ne äidit isiä korvaa. Yksinäni mä jouduin opettelemaan, miten miesten maailmassa selvitään, koville se otti, mutta opinpahan kuitenkin. Tuo ukko ei ole koskaan välittänyt musta himpankaan vertaa. Nyt, kun mä siitä huolimatta olen onnistunut elämässäni, se tulee tänne ja yrittää nitistää mut mahtailullaan ja paiskaamalla jonkun saatanan kivikimpaleen päin pläsiä.

Anne kaataa kummallekin lisää viiniä ja riisuu loputkin vaatteensa.

– Eipä se sua nyt sen pahemmin näytä pystyvän nitistämään, hän tuumaa. – Oikeessahan sä tietysti olet, ei me sitä ja sen rikkauksia tarvita. Vähän käy kyllä sääliksi koko ukko, kun se ei ymmärrä mistään mitään.

– Äläs nyt sitä ukkoa säälittele tai jäät nainnitta tänä yönä, uhkaa Ilmo.

Anne nauraa, eivätkä he puhu kuukivestä enää sillä kertaa.

Kuukiven ja miehen paluun kunniaksi järjestetään sitten juhlat. Vaimo kutsuu Ilmon perheen ja elossa olevista sukulaisista sopivimmat. Yhteisiä ystäviä heillä ei enää ole. Päivällisillä on viisi ruokalajia, ja Akikin on pyntätty valkeaan paitaan ja kissanrusettiin. Liina on hohtavan valkoinen, ruusut loistavat kristallivaaseissaan ja hopeat välkkyvät. Pidetään puheita, ja kaikki sopivat asiat sanotaan miehen saavutuksesta. Anne ja Ilmo eivät kuitenkaan ota kuukiveä, vaan se jää edelleenkin miehelle.

– Se on liian iso ja arvokas meidän komeroissa säilytettäväksi, mutisee Ilmo vaivihkaa isälleen. – Ehkä joskus myöhemmin, kun meillä on suurempi asunto, joka tarjoaa sille sopivammat puitteet.

– Se on aivan ihana kimpale, mutta niin kauhean arvokas monissakin suhteissa, livertelee Anne puolestaan.

– Sinun pitää, ukki, järjestää sille sopiva säilytyspaikka, jossa se on esillä, mutta rosvot eivät pääse sitä nappaamaan. Ehkä Aki joskus isona on hyvinkin kiinnostunut siitä.

Toiset vieraat ovat lähteneet. Aki kaataa mehulasinsa pöydälle. Naisten häärätessä sotkuisen pöytäliinan ja lapsen märkien vaatteiden kanssa puhe kuukimpaleesta pääsee jotenkin unohtumaan.

– Tule nyt, ukki, meille usein käymään, kutsuu Anne heidän lähtiessään. – Mukavahan meidän kaikkien on tutustua paremmin Ilmon isään.

Ovi paukahtaa kiinni kesken lapsen iloisen vilkutuksen.

– Ilmo ei tahtonut kuuta, jonka minä sille toin, sanoo mies katsoen suljettua ulko-ovea. – Onko se ihan hullu vai mikä sitä vaivaa? Itsehän se sitä aikanaan pyysi, eikä monikaan isä noin mahdotonta toivetta olisi pystynyt täyttämään. Minä en nyt kyllä ymmärrä mistään mitään. Kuinka sinä olet kasvattanut Ilmon noin kiittämättömäksi ja pahaksi?

– Kasvatin niin hyväksi kuin osasin, sanoo vaimo. – Se on jo kauan ollut aikuinen, ja Annenhan kanssa se elämänsä jakaa. En minä niiden elämään puutu enkä pääsisikään puuttumaan, sen verran mieheksi minä sen sentään osasin kasvattaa.

– Kuu, jonka minä kävin hakemassa taivaalta saakka, sanoo mies. – Mitä minä nyt sillä teen?

– Saisit kimpaleesta komean muistokiven haudallesi, ehdottaa vaimo. – Sellaista kiveä ei kellä tahansa pulliaisella olisikaan. Kaiverrettaisiin isoin kirjaimin: ”Tässä lepää mies, joka omisti elämänsä kuun hakemiseen taivaalta ja siinä myös lopulta onnistui.” Tulisi näyttävä monumentti.

Miehen kasvot vääristyvät kuin itkua pidättelevällä lapsella.

– Sinähän vihaat minua, hän puuskahtaa.

– En vihaa, vastaa vaimo. – En minä enää vihaakaan. Aikoinani kaipasin ja vihasin sinua niin, että sydän oli pakahtua, mutta siitä on jo pitkä aika.

– Minä olen pilannut sinun elämäsi, vaikertaa mies.

– Et sitäkään, sanoo vaimo. – Ei kukaan ihminen voi minusta todella pilata toisen elämää. Jos joku minun elämäni on pilannut, niin itse sen olen tehnyt, kun sitouduin sinuun ja sinun päämääriisi. Oma virheeni se on ollut, ja vain itseni kanssa siitä tiliä teen. Mutta ei minun elämäni mitenkään pilalla ole. Siitä tuli vain erilainen kuin nuorena luulin.

Vaimo alkaa siivota juhlapöydän jäännöksiä kaappeihin ja keittiön tiskipöydälle.

– Minulta poistettiin kohtu ja munasarjat tässä joitakin vuosia sitten, hän kertoo asettaessaan astioita tiskikoneeseen.

– Mitä siinä nyt vielä yhdestä tarpeettomasta kohdusta rupeat marisemaan! karjaisee mies. – Minä puhun elämäntyöstäni, ja sinä sen kun alat valitella pieniä naistenvaivoja. Mitä sinä tuossa iässä sitä paitsi kohdulla tekisit?

– En kai mitään, myöntää vaimo. – Kyllä se silti menetykseltä tuntui. Aikoinani ajattelin, että olisimme hankkineet paljonkin lapsia.

– Onhan sinulla tuo Aki-poika, yrittää mies vastahakoisesti lohduttaa. – Sitä kun hoidat päivisin, niin eikös se ole melkein parempikin kuin oma lapsi, joka on vuorokaudet ympäriinsä vaivoina.

– Enhän minä Akia hoida, nainen sanoo. – Se nyt vielä puuttuisi. Ilmon olen hoitanut ja kasvattanut, ja se kyllä riitti. Aki on joskus minulla, jos se on kipeä eikä pääse tarhaan tai jos Annen työvuorot aiheuttavat hankaluuksia. Aki on niiden lapsi, enkä minä anna kenenkään käyttää itseäni hyväkseen. On minulla sentään omakin elämä.

Nainen muistelee hetken mennyttä elämäänsä, sen pettymyksiä ja tappioita, mutta myös arjen onnea ja hiljaisia voiton hetkiä. Oli ollut raskasta kasvattaa poika yksin ja elää niin etäisen miehen kanssa. Vaikeinta oli ollut pojan aikuistuessa, kun piti taas kerran järjestää elämä uuteen uskoon. Kolhuitta hän ei ollut siitä selvinnyt, mutta olipahan selvinnyt kumminkin. Nykyisin hänen elämänsä oli täynnä sisältöä ja mieltä. Ja nyt sitten mies oli palannut, odotti kaiken olevan ennallaan ja kiukutteli, kun ei ollutkaan. Ei tässä totisesti tiennyt, pitäisikö itkeä vai nauraa.

Nainen katsoo miestä. Siinä se istua kököttää sohvalla isona, komeana ja hölmönä, ja tuijottaa edessään olevaa kuukiveä murheellisena. Lievä säälintunne läikähtää hänen sielussaan.

– Ostetaan alkuun lukittava ja vahvaa lasia oleva kaappi tuolle kimpaleelle, hän ehdottaa.

Mies alkaa kyläillä poikansa kotona kiusaksi asti. Enimmäkseen hän oleilee lapsen huoneessa ja osallistuu tämän leikkeihin. Poika viihtyy hyvin ukin seurassa, mutta Ilmo pakenee töittensä pariin ja Anne uppoutuu kotiaskareihin miehen käyntien aikana. Eräänä iltana, kun Ilmo on taas jäänyt ylitöihin välttyäkseen isänsä seuralta, Anne sattuu kuulemaan lastenhuoneesta jotain, joka pysäyttää hänet niille sijoilleen.

– Toit sä sen, niin kun lupasit? tiukkaa Aki.

– No tietysti toin, naureskelee mies. – Kun ukki jotain lupaa, se sana myös pitää. Kun ukki kerran on luvannut tuoda sulle kuun taivaalta, niin ukki sen silloin myös tuo. Tässä se nyt on.

Jotakin painavaa lasketaan pöydälle, ja hetken huoneessa vallitsee täysi hiljaisuus.

– Sä narraat, sanoo poika sitten kimeästi. – Ei toi ole mikään kuu.

– Kyllä se on kuu tai ainakin kappale siitä, vakuuttaa mies. – Tämän aidompaa ei olekaan.

– Eikä oo kuu, inttää poika itkunsekaisella äänellä. –

Kuu on pallo, ja se loistaa ja antaa valoa. Kuu on kaunis ja pyöreä. Toi on vaan joku iso ruma kivenlohkare. Sä oot takuulla ottanut sen pihalta ja yrität nyt huijata mua. Kaupoissakin on joulun edellä huijarisetiä, sellasia, jotka esittää joulupukkia, vaikka oikea pukki asuu Korvatunturilla ja tulee tänne vasta jouluna. Toi ei ole kuu ja sinä olet tuhma paska!

Syntyy pitkä hiljaisuus. Anne miettii hädissään, mitä hänen pitäisi tehdä, eikä tee mitään.
– Ehkä ukki on erehtynyt vähän, sanoo mies lopulta. – Tämä on kyllä kuukappale nimeltään, mutta aika ruma ja loistoton se taitaa tosiaan olla. Äläs nyt itke enää, ukki hankkii sulle jo huomiseksi semmosen oikeamman näkösen kuun.
– Ihan pyöreän ja loistavanko? poika kysyy.
– Juuri semmoisen, vakuuttaa mies. – Jos vaikka semmoisen lampun näköisen toisin, tykkäisitkös sinä siitä? Voitaisiin kiinnittää se tuonne seinälle. Ja jos äiti suostuu, voitaisiin panna sen taakse sinistä kangasta taivaaksi. Ja ehkä myös tähtiä sinne taivaalle, niin näyttäisi vielä oikeammalta. Pitäisitkö siitä?
– Joo, sanoo poika taas iloissaan. – Osaatsä ukki leikata hyvin tähtiä? Mulla menee helposti joku sakara aina poikki, kun se on niin vaikea muoto. Oon mä kyllä leikannut tähtiä ainakin sillon, kun oli joulu.
– Ehkä ne tähdet jotenkin onnistuisi, tuumaa ukki. – Vaikeita muotojahan ne tietysti kolmen ikäselle on ja joskus isommallekin. Ootas, kun ukki käärii tän kiven pois näkyvistä, aletaan se meidän avaruus vaikka kultatähdistä heti, jos teillä on sopivaa paperia kotona.

– On meillä kultapaperia, huutaa Anne olohuoneesta.

– Tule nyt kumminkin ensin kahville, sain juuri valmiiksi.

Aki vaatii äitiään kaivamaan esiin rasian, jossa joulukoristeita pidetään. Hän haluaa heti tähden malliksi askarteluun. Etsiessään rasiaa yläkomerosta Anne vilkuilee kuin varkain appiukon aarrelaukkua, jonka tämä on tuonut eteiseen.

Mitä kaikkea hauskaa ylimääräisellä rahalla voisikaan saada, hän miettii haikeana. Kun nyt ukko älyäisi myydä kimpaleen ja antaa vaikka puolet rahoista heille. Vaikka ei kai se Ilmo niitä kumminkaan suostuisi ottamaan, sen verran sitkeästi se vanhoja kaunojansa hautoi. Jos olisi tullut kuunnelleeksi tarkemmin ukon ja lapsen puheita, olisi voinut valmentaa poikaa ottamaan kuukiven kauniisti vastaan, ja aarre olisi jo heidän. Ei ymmärtänyt mokoma pitää marinoitaan sisällään sen aikaa, että hän olisi kerinnyt tilannetta pelastamaan.

Ilmo tulee kotiin kesken Annen harmistuneiden mietteiden ja äkkää heti eteisen seinustalla kököttävän aarrekassin.

– Ketäs sinä tällä kertaa tulit sillä kuukivelläsi vokottelemaan? hän kysyy isältään väkinäisen huolettomasti.

Anne lehahtaa punaiseksi salaisissa ajatuksissaan paljastettuna, ja ukki katsoo häntä hetken ihmeissään.

– Tahtoisitko sinä, Anne, tämän kuukimpaleen? hän kysyy. – Ilmo ei tahdo, ja nyt ei Akikaan tahdo, mutta jos tämä Ilmon vaimolle kelpaa, niin sittenhän kaikki on hyvin.

– Tahtoisinpa hyvinkin, sanoo Anne Ilmoon katsomatta.

– Sen jos otat, et kyllä enää kauan mun vaimoni ole, sanoo Ilmo. – Sinä tiedät syyni ja tunnet mun periaatteet. – Sun syysi on älyttömiä, puuskahtaa Anne. – Mä tahdon ton kimpaleen meille. Sun typerät periaatteet joutaisi jo roskikseen. Ei ne edes ole mitään periaatteita. Sä sanot tyhmyyttä ja jääräpäisyyttä periaatteiksi, ja siitä joutuu kärsimään vain sun oma perhe.

Ukki ja poika kuuntelevat hädissään ja vetäytyvät kauemmaksi heidän välillään väreilevästä vihan voimakentästä. Ukki jättää kahvinsakin kesken ja kiirehtii eteiseen pukemaan päällystakkia ylleen.

– Enhän minä toki teidän avioliittoanne rupea hajottamaan, hän sanoo. – Kyllä tuo Akikin tarvitsee molemmat vanhempansa. Minä tulen huomenna tuomaan sille sen kuulampun.

Hän tarttuu lujasti aarrelaukkuunsa ja livahtaa sen kanssa ulos. Anne ja Ilmo jäävät kiljumaan toisilleen, ja poika paiskaa kuusenkoristeet itkien pitkin lattiaa.

Mies kävelee yksin pimeässä illassa kassiaan raahaten. Kassi on raskas ja tullessaan sillalle hän pysähtyy lepäämään. Alapuolella meri on musta, ympärillä taivas tumma ja pilvien himmentämä. Hän miettii, miltä tuntuisi paiskata aarrekassi veteen ja hypätä itse perässä. Hyvältä se tuntuisi. Hänen ruumiinsa löydettäisiin varmasti aika pian, mutta vain poika ja miniä tietäisivät, että myös kuukimpale olisi merenpohjassa. Ruumis saattaisi ajelehtia kauaskin oikealta paikalta. Kyllä siinä riittäisi pojalle loppuiäksi puuhaa, kun yrittäisi pelastaa isänsä elämäntyötä meren pohjamudista. Mahtaisiko tuo siinä koskaan onnistuakaan?

Miehen kasvoille leviää pahansuopa onnenhymy, kun hän ajattelee katuvaa poikaa ikuiseen etsintään tuomittuna. Äkkiä hänen hymynsä kuitenkin hyytyy. Jostain kaukaa välähtää hänen mieleensä kuva pojasta pienenä innokkaana koululaisena. Niihin aikoihin hän ei poikaa paljon ehtinyt tavata. Poika oli kutsunut hänet koulunsa joulujuhliin ja ylpeydestä säteillen kertonut esittävänsä joulukuvaelmassa Itämaan tietäjää. Poika olisi se tietäjä, joka veisi Jeesus-lapselle kultaa seurattuaan ihmeellistä tähteä pitkän matkan. Isä saisi tulla sitä kouluun katsomaan. Hän muistaa naurahtaneensa, että isä olisi silloin kuukongressissa toisessa kaupungissa eikä joulusaduista muutenkaan niin paljon piitannut. Ja hän muistaa myös epäuskoisen välähdyksen pojan silmissä, ennen kuin tämän kasvot sulkeutuivat ja hän meni ääneti huoneeseensa.

Mies tuijottaa vettä kaihoisasti ja häneltä pääsee raskas huokaus. Sen pienen pettyneen tietäjän takia hän ei voi panna poikaa kärsimään, vaikka mieli kuinka tekisi. Hän tarttuu taakkaansa ja lähtee kulkemaan hitaasti kotia kohti.

Kotona vaimo on lähdössä jonnekin. Nykyään se on aina menossa tai poissa.

– Minne sinä oikein menet? kysyy mies katsoen vaimoa pitkästä aikaa tarkemmin. – Et kai sinä kylässä tai konsertissa sentään joka ilta käy? Mitä sinä oikein puuhaat nykyisin?

– Käyn kursseilla ja luennoilla, sanoo nainen. – Kudon kangasta ja opiskelen tähtitiedettä ja filosofiaa.

– Minkä ihmeen takia? kysyy mies. – Mitä hyötyä siitä

nyt voisi olla? Älyttömiä aineita, eikä sinun tuossa iässä kannata enää itseäsi sivistää.

– Se huvittaa minua, sanoo vaimo. – Kursseilla on mukavia ihmisiä, ja kangasta on hauska kutoa. Tähtitieteestä kiinnostuin sinun takiasi ja filosofia puolestaan on aina kiehtonut minua.

– Yritätkö etsiä itsellesi ja elämällesi jotain tarkoitusta? tiukkaa mies, ja pilkallinen ilme leviää hänen kasvoilleen. – Vaimo juoksee vanhoilla päivillään etsimässä elämäntarkoitusta luennoilta, jo on aikoihin eletty, sanon minä.

– En etsi elämälle mitään erityistä tarkoitusta, sanoo nainen. – Johan sanoin, että opiskelu on minusta hauskaa. Lähde mukaan, tänä iltana on filosofian esitelmä, joka saattaisi kiinnostaa sinuakin.

– En minä välitä, sanoo mies.

– Jääkaapissa on olutta ja pari voileipää sinua varten, sanoo vaimo ja pukee takin ylleen.

– Palaan muutaman tunnin päästä.

Hän ottaa pöydältä salkkunsa ja lähtee.

Mies istuu yksin kuukimpale edessään pöydällä, ja asunnon täyttää hiljaisuus. Alhaalta rappukäytävästä kuuluu, miten ulko-ovi kolahtaa kiinni. Mies hypähtää pystyyn ja ryntää vaimon perään.

– Anna, odota minua, hän huutaa rappuja alas juostessaan. Kadulle päästyään hän näkee, miten vaimo talvitakissaan ja paksuissa kävelykengissään etenee reipasta vauhtia koko ajan kauemmaksi.

– Anna, Anna, hän kiljuu niin, että katu raikuu ja nainen vihdoin pysähtyy. Etäältäkin mies erottaa, miten ilahtunut hymy leviää naisen kasvoille.

– Minä tulen sittenkin mukaan, mies puuskuttaa naisen luokse päästyään. – Mutta se on vain tämän ainoan kerran. Tuollaisista elämälle vieraista asioista minä en ole ikinä jaksanut innostua.

Vaimo ei sano mitään, mutta tarttuu häntä käsipuolesta. Pilvien lomasta taivaalta erottuu kuun kalpea sirppi.

HIIRENPESÄ

Pieni kaivoskylä oli vuosikymmenet elänyt omaa rauhallista elämäänsä. Mutta nyt maata koetteleva lama uhkasi hiipiä sinnekin. Kylän keskustassa sijaitsivat kirkko, koulu, kauppa ja kapakka. Lännen puolella asui herrasväki. Idän puolella lähellä kaivosta oli työläisten alue. Kylän ulkopuolella elivät viljelijät tiloillaan.

Keltaisessa talossa seisoi nainen lieden ääressä ja pilkkoi juureksia lihasoppaan pantavaksi. Tupa oli siisti ja sievä. Ikkunoilla valkeiden verhojen välissä kukkivat paavalinkukat. Lattioita suojasivat raidalliset matot. Seinät oli tapetoitu, ja niitä koristivat ryijy ja kolme taulua. Tuvannurkassa lojui koira kypsyvän lihan tuoksua haistellen. Penkillä tanssi kissa ikkunalla surisevaa kärpästä tavoitellen. Nainen lisäsi juurespalat kattilaan ja alkoi kuoria perunoita.

Äkkiä ulkoa alkoi kuulua kolinaa ja epävakaita askelia. Sitten ovi potkaistiin auki.

– Nyt tuli sitten loppu! huusi mies ovelta.

Nainen, kissa ja koira katsoivat häntä säikähtäneinä. Heistäkö se nyt aikoi lopun tehdä?

– Kaivos suljettiin, sanoi mies. – Minä en pääse enää töihin.

– Lopullisestiko se suljettiin? kysyi vaimo.

Mies yritti kohdistaa synkän ja juopuneen katseensa häneen.

– Ei tiedetä, hän mutisi. – Valehtelevat ja huijaavat, minkä kerkeävät. Malmia on vaikka muille jakaa, vaan

83

töitä ei anneta tehdä. Ne kyykäärmeen sikiöt aikoo keplotella kuparin hinnalla, jotta saisi itselleen lisää rikkautta. Varastot on kuulemma täynnä ja ajat niin huonot, ettei myydäkään kannata. Eivät muka pysty suoriutumaan palkoista ja muista menoista tämmöisenä aikana.

Hän sylkäisi lattialle vimmoissaan.

– Ihan kokonaanko se suljettiin? yritti vaimo vielä kysellä.

Voimakas viinanhaju alkoi levitä tupaan. Mies oli paiskannut reppunsa liian kovaa lattialle, ja yksi viinapulloista oli särkynyt.

– Ei ihan kokonaan, sanoi mies äkeästi. – Osa länsilouhosta jäi toimintaan. Se, jossa se Petterssonin paska porukoineen häärää. Kaipa tuo on sitten parempi mies töitä tekemään. Keplottelussa on ainakin hyvä ja minua parempi. Jos menisin ja räjäyttäisin koko sen puolen louhosta?

– Kutalehan se Pettersson tietysti on, kiirehti vaimo myötäilemään. – Mutta ei kai sitä nyt varta vasten kannata itselleen ikävyyksiä hankkia.

Mies paiskasi pöydän ja penkit nurin ja harppasi vaimon luokse.

– Ei kannata, ei, hän sähisi pilkallisesti. – Semmonen arka hiirulainenhan se sinä olet, koskaan et mitään uskalla. Ei se ole mies eikä mikään, joka ei maailmalle mieltään näytä, kun saa vääryyttä osakseen.

Hän ravisteli vaimoa hartioista, sysäsi tämän sitten luotaan ja hoippui reppunsa luokse. Vaivoin hän onnistui nostamaan sen lattialta kaatumatta, ja kovat olivat hänen sadattelunsa, kun hän huomasi särkyneen pullon.

Toisessa oli onneksi vielä tilkka jäljellä. Sen hän kulautti yhteen menoon suuhunsa, heitti harittavista silmistään vaimoon viimeisen häijyn katseen ja hoiperteli kamariin nukkumaan.

Vaimo nosti penkit ja raskaan pöydän ylös ja meni kamarin ovelle katsomaan sammunutta miestään.

– Jotain sille nyt on keksittävä, ettei ihan paikalleen räjähdä, hän tuumasi. Toisten kaivosmiehen vaimoilta hän oli kuullut, että töiden odotettiin jatkuvan taas kolmen kuukauden kuluttua. Rahasta vain teki monella tiukkaa, ja miesten veto kapakoihin pois kotipiirin ahtaudesta oli kaikkien naisten huolena.

Vaimon tullessa iltalypsyltä mies oli herännyt ja istui penkillä myrtyneen näköisenä.

– Eihän meillä nyt varsinaisesti mitään hätää ole, vaikka kaivos seisoisikin jonkin aikaa, sanoi nainen.

– Lehmistä ja kasvimaasta saamme elatuksen, ja onhan sulla ne isoisäsi rahatkin jossain kätkössä, jos oikein tiukille ottaa.

– Vai ei ole hätä, ärähti mies. – Kolme kuukautta joudun tässä nyt tyhjän panttina lorvimaan, tai ehkä mut meinataan kokonaan syrjään heittää. Työ se on miehen mitta ja kunnia, sen on minulle jo isä ja isoisäkin opettaneet. En minä voi elää enkä tuntea itseäni mieheksi, jos en tee töitä.

– Tämä tilahan on alkujaan sun isoisäsi peruja, sanoi nainen. – Tässähän se elämäntyönsä teki. Hyvin minä olen täällä muutaman lehmän ja pienen kasvimaan kanssa pärjäillyt, mutta eikö tätä sun sukutilaasi voisi taas laajentaa? Sinä ja isäsi vähensitte maatalouden niin pieniin, kun kaivos vei molemmat.

– Ei voi laajentaa, sanoi mies. – Isä möi metsät ja minä taas pellot. Ei ole mitään laajennettavaa, ellen osta peltoja takasin.

– Osta toki, ne on naapurissa tietääkseni kovastikin rahan tarpeessa, ehdotti vaimo. – Hevonenkin olisi mukava olemassa, vaikka traktoria enimmäkseen käyttäisitkin.

– Äläs nyt suotta innostu, tuhahti mies ja katsoi naista epäluuloisena. – Kylläpäs sinä olet kärkkäästi minusta maajussia tekemässä. En suostu, älä luulekaan. Kaivosmies minä olen ja kaivosmiehenä pysyn, tai ainakin entisenä kaivosmiehenä. Tähän asiaan ei sinulla ole mitään sanomista.

Mies meni keittiöön, joi kauhalla vettä ämpäristä, ja hänen kasvonsa kirkastuivat aavistuksen verran.

– Jotain järkeä sun ajatuksessasi voisi ehkä olla, hän tokaisi. – Tilaa on turha laajentaa, mutta karjatalouden ja puutarhaviljelyn osalta sen toimintaa voisi tehostaa. Täällä sä olet raatanut yksinäsi voimiesi mukaan, mutta jos tarttuisimmekin yhdessä toimeen.

– Ihan hyvin lehmät minusta lypsävät, sanoi nainen.

– Isommista suunnitelmista tässä nyt on kyse, selitti mies.

Vanhalle viinalle lemuten hän taputti vaimoa hyväntahtoisesti olalle.

– Hyvinhän ne lehmät lypsävät, en minä sitä.

Hän nousi penkiltä, pani lakin päähänsä ja lähti ulos hämärtyvään iltaan laatimaan suunnitelmiaan. Nainen katseli mietteissään hänen peräänsä. Se ei näyttänyt enää kapakkakierteeseen sortuvalta, ja räjäytysaikeensakin se oli jo haudannut. Jotain uhkaa se kumminkin ympärilleen levitti.

Aamulla nainen heräsi varhain ja meni navettaan miestä herättämättä. Kissa tassutteli hänen peräänsä unisesti venytellen. Aina ei olisi huvittanut nousta niin aikaisin, mutta navetan kodikas lämpö ja lehmien tervetuloammunta saivat hänet pian virkistymään. Lypsäessään hän lauloi lehmilleen. Niille hän kertoi ilonsa ja surunsa, ja ne osallistuivat niihin. Joskus ne suorastaan lohduttivat häntä turpiensa hyväilyillä. Mansikki, Mustikki, Pilvikki ja Tähdikki olivat hänen ystäviään, jotka ymmärsivät hänestä kaiken. Aina lehmät lypsettyään hänen mielensä oli hyvä.

Kissa oli mukana navetassa, mutta sen ajatuksista nainen ei paljon tiennyt. Joskus tuntui, että se välitti vain oman maitoannoksensa saamisesta eikä muuten piitannut muuta kuin itsestään. Sitä oli kuitenkin mukava silittää ja sen sulavaa liikehdintää oli ilo katsella. Kissa oli kaunis ja hauska seuralainen, joka tempuillaan sai naisen usein nauramaan ääneen.

Nainen sai Mansikin lypsetyksi ja antoi kissalle maitoa. Hän siirsi lypsyjakkaran Mustikin luo ja vaihtoi laulua. Kutakin lehmää varten hänellä oli nimikkosävelmä, jonka jokainen lehmä tunnisti heti.

Äkkiä navetan ovi kolahti auki, ovesta virtasi viileää ilmaa ja mies astui sisään.

– Olisit vain nukkunut, sanoi nainen. – Tulen ihan kohta laittamaan aamiaista.

– Aamiainen on laitettu jo, sanoi mies. – Odottelee

sinua valmiina. Heräsin samalla kuin sinäkin ja tulin katsomaan tätä navettatouhua. Paljonkos maitoa tänään on tullut?

– En tiedä vielä, sanoi nainen, käänsi selkänsä miehelle ja jatkoi lypsyään ja lauluaan. Ehkä miehestä oli hauska katsella häntä laulamassa lehmilleen.

Aikoinaan he olivat tavanneet kylätansseissa. Seuraavana iltana mies oli jo tullut häntä etsimään ja löytänyt hänet kotihaasta lypsyltä. Mies oli ihastunut häneen niin, ettei rauhaan jättänyt, ennen kuin sai mukaansa tänne kotitilalleen.

– Ainako sinä laulat lehmille? kysyi mies vähän ajan kuluttua.

– Lehmät tykkäävät laulamisesta. Ne lypsävätkin silloin paremmin, sanoi nainen.

Hänellä oli ollut päällään uusi sinikukallinen mekko.

– Voi pitää paikkansa, tuumi mies. – Taisin lukeakin jostain, että musiikki lisää lehmien maidontuotantoa.

Hän otti vaimolta ämpärit ja lähti mittaamaan maitoa, mutta pysähtyi kesken matkansa.

– Mitäs se Mirri siinä hörppii, hän kysäisi maitoa litkivää kissaa silmäillen. – On kai pyydystänyt navetan hiiret ja saa nyt palkkansa heti lypsylämpöisenä.

Nainen hätkähti. Tuo kissa ei ollut eläissään pyydystänyt ainuttakaan jyrsijää. Se oli vain hänen arvoituksellinen seuralaisensa, joka joskus yöllä lämmitti hänen jalkojaan.

– Ei se ole Mirri vaan Viiruturkki, hän korjasi. – Mirrihän kuoli vanhuuttaan jo liki neljä vuotta sitten. Viiruturkki saa maitonsa, koska se on kissa ja kissat pitävät maidosta. Se on minulla aina täällä mukana.

– Vai niin, sanoi mies otsaansa rypistäen. – Vaan kyllä se on tässä talossa kissankin työllä ansaittava elantonsa. Rotat ja hiiret rapistelevat tuolla minkä kerkeevät. Ei täältä kissaltakaan töitä puutu.

Kissa lipaisi punaisella kielellään maidonrippeet suupielistään ja vilkaisi keltaisilla silmillään välinpitämättömästi miehen perään. Naista hymyilytti hiukan. Hän tunsi hyvin navetan hiiret ja piti niitäkin melkein ystävinään. Eipä niistä paljon vahinkoa kenellekään ollut. Onneksi ei ollut sentään vaaraa, että Viiruturkki miehen komennosta alkaisi niitä jahdata.

Nainen nosti kissan syliinsä, silitteli hetken sen silkkistä selkää ja meni ulos. Pihalla koira hyppeli riemusta vingahtaen hänen luokseen. Sen häntä viuhtoi suurina kaarina ja ruskeista silmistä loisti kiihkeä rakkaus. Sillä oli tapana nukkua uuninnurkassa myöhään aamuisin, ja se oli tullut juuri ulos aamutoimilleen. Nainen toivotti sille nauraen hyvän huomenen ja sai märän nuolaisun poskelleen.

– Mistäs se Halli siihen ilmestyi? kysäisi mies maitokamarin ovelta. – Päästitkö irti kopista vai kylältäkö tuo tuli yöjuoksulta?

– Ei tämä ole Halli, sanoi nainen. – Halli kuoli viisi vuotta sitten, ja tämä on Piski. Tuvasta se juuri tuli nukkumasta. Ei Piski öisin missään juokse, eikä koirankoppia meillä kyllä vuosiin ole ollut, kun vanha hajosi. Ei Piski missään ulkona viihtyisikään, ulisisi vain yökaudet ikäväänsä.

– Oli täällä ennen koirankoppi, sanoi mies pihamaata silmäillen.

Ei näkynyt koppia missään.

– Maatalon koiran kuuluu olla öisin kopissa vahtimassa taloa ja pihapiiriä. Kyllä sinä nyt olet päästänyt asiat täällä ihan retuperälle.

– Hyvin täällä kaikki on minusta sujunut, sanoi nainen. – Hiiriä on, mutta rotat ei missään mellasta eikä varkaat ole ikinä päässeet mitään viemään.

– Hyvin tietysti, lepytteli mies. – Minä tässä vain niitä tehostussuunnitelmia tuumailen. Eikös se ollut ihan sinun oma toiveesi, että tuotantoa pyrittäisiin tehostamaan?

Mies näytti epävarmalta, ja molemmat ajattelivat kaivosta.

– Oli se toiveeni, tietysti oli, vakuutti nainen, kun ei muutakaan voinut. – Olin vain toivonut, että hankkisit meille edes yhden pelloista takaisin.

– Ei, sanoi mies. – En tahdo ostaa peltoja. Mennään nyt syömään ennen kuin vallan jäähtyy. Kai sitä on nuo elukatkin ruokittava, vaikkeivät ruokaansa olisikaan ansainneet. Aamiaisen jälkeen katsotaan, miten asiat kasvimaalla ovat.

Kasvimaa kelpasi miehelle. Kaivoon hän ensi töikseen asensi pumpun ja pumpusta letkun kasvimaalle. Nainen oli mielissään, vaikka vähän harmittelikin, ettei kastelulaite ollut juolahtanut hänen omaan mieleensä. Kasvimaan ympärille mies rakensi aidan, jossa oli suljettava portti.

– Mitä tuolla tekee? ihmetteli nainen. – Oli paljon helpompaa piipahtaa kasvimaalla, kun ei tarvinnut kiertää portille.

– Kasvimaan ympärillä kuuluu olla aita, tuumasi mies.

– Johan sen sanoo jo järki ja perinnäistapakin. Se on suojana varkaita ja elukoita vastaan.

Nainen ajatteli rastaita, jotka tulivat parvina lentäen, ketteriä jäniksiä aidanraoista puikahtamassa ja maan alta kaivautuvia myyränkutaleita, mutta ei hennonnut sanoa mitään. Oli se kumminkin hyvä, ettei selkä vääränä tarvinnut raahata vettä kaivolta kuumana kesäpäivänä. Hyvä oli myös se, että mies vaikutti niin iloiselta ja tyytyväiseltä itseensä.

Kesäkuukaudet kuluivat, ja kaivos pysyi suljettuna. Hurjat huhut kaivoksen tulevaisuudesta alkoivat kierrellä kylällä. Aina kylältä palattuaan mies oli vihainen. Raivottuaan illat hän aamuisin kävi päättäväisesti käsiksi talon asioihin.

Navettaan hän asensi musiikkinauhurin. Päivisin lehmät olivat haassa laitumella, mutta aamuin ja illoin navetassa kaikuivat nauhurilta kevyet sävelmät. Mies hankki myös lypsykoneen yllätykseksi vaimolle. Pian hän saattoikin ilokseen todeta, että maidontuotanto oli lisääntynyt liki kymmenen litraa. Nainen ei mennyt enää mielellään navettaan, vaikka se ennen oli ollut hänen kotipiirinsä sydän. Epätoivoisena hän ajatteli syksyä ja talvea, jolloin sama musiikki soisi siellä aamusta iltaan. Lypsykonetta hän myös vierasti, mutta onneksi mies oli innostunut sen toiminnasta. Lehmienhoito siirtyikin vähitellen kokonaan miehen vastuulle. Työ sujui mieheltä hyvin, koska hän oli riuska ja aikaansaapa kaikessa, mihin vain ryhtyi.

Koiran hän pyrki häätämään pihamaalle ja kissan navettaan. Koiralle hän rakensi tilavan kopin ja asensi sen viereen juoksuhihnan. Iltaisin hän talutti vastaan hangoittelevan Piskin ulos, sitoi sen kiinni hihnaan ja käski vartioida taloa. Koira oli ymmällä ja onneton. Se ulvoi kaikki yöt pihalla niin, etteivät mies ja vaimo saaneet nukutuksi. Neljäntenä yönä nainen kävi miehen kiellosta huolimatta hakemassa sen taloon. Koira oli villinä ilosta päästyään sisään. Suu naurussa ja häntä huiskien se ryntäili ympäri tupaa kaataen kaiken tielleen sattuvan. Miehen tyly hahmo sai sen riemun pian kuitenkin lakkaamaan. Mies siirsi katseensa vaimoon.

– Hyvä, ettei saatu koskaan lapsia, hän sanoi. – Ei sinusta ole kasvattajaksi. Olisit kestänyt vielä pari yötä, niin Piski olisi varmasti tottunut.

– Piski on liian vanha koira oppimaan uusia tapoja, sanoi nainen.

– Seuraavan koiran minä kasvatan itse pennusta pitäen, niin et pääse senkin luonnetta pilaamaan, sanoi mies, heittäytyi sänkyyn ja veti täkin korvilleen. Nainen ja koira tassuttelivat allapäin ruokakomerolle. Nainen leikkasi palvikinkusta paksun siivun koiralle lohdutukseksi ja suruissaan söi itsekin kunnon kimpaleen.

Nukuttuaan yönsä pitkästä aikaa kunnolla mies oli aamulla leppeämmällä mielellä. Hän esitti arvionaan koirasta, ettei siitä koskaan kunnon vahtikoiraa tulisi. Se oli kehittynyt samanlaiseksi kuin kaupunkilaisten hemmotellut lemmikit, mutta koska sillä kumminkin oli hyvä kuulo, se ei ehkä ollut täysin hyödytön vahti, vaikka nukkuikin vain tuvannurkassa.

Koira se ei oppinut muuta kuin pelkäämään miestä, mutta kissapa oppi hiirenpyytäjäksi. Mies rakensi ensitöikseen loukun, johon sai hiiret kiinni elävinä. Sitten hän alkoi opettaa kissaa kuin emo poikasiaan. Hän kantoi sen eteen tapettuja, puolikuolleita ja lopulta eläviäkin hiiriä ja jätti ne sille. Aina, kun kissa maisteli hiiriä, käpälöi ja lopulta myös jahtasi niitä, mies palkitsi sen kulhollisella kermaa. Kissa innostui nopeasti asiasta ja oppi hyvin.

Nainen istui tuvan portailla katselemassa. Viiruturkki oli ollut aivan pieni pentu, kun hän oli saanut sen kylältä omakseen. Se oli erotettu emostaan liian aikaisin, ja alussa hän oli joutunut ruokkimaan sitä nuken tuttipullolla, koska se ei osannut edes latkia maitoa vadilta. Ehkä se sen takia ei ollut koskaan välittänyt hiiriäkään pyytää.

– Mirristäpäs on tulossa oikea kissa, naureskeli mies hyvillään. Kissa kiehnäsi hänen polveaan vasten ja tipautti suustaan hiirenpoikasesta jääneen hännän.

– Ei se ole Mirri vaan Viiruturkki, sanoi nainen.

– Olkoon sitten vaikka Viiru, ettei nimi käy liian pitkäksi, tuumasi mies kissaa silitellen. – Kohta pääset mirriseni oikeaan työpaikkaasi. Navetassa niitä tosi villejä saaliita viliseekin.

– Kissasta tulee metsästyskissa, mutta entäpä sinusta itsestäsi, sanoi nainen. – Etpä näytä itse innostuvan metsälle lähdöstä.

– En minä ole koskaan tykännyt eläimiä ammuskella, sanoi mies. – Pitäisikö minun sinusta ryhtyä semmoiseen?

Hän ponkaisi seisaalleen, raivo leimahti hänen silmissään ja kädet pusertuivat nyrkkiin.

– Yritätkö nyt sanoa, ettei mies ole mikään mies, jos se ei metsästä?

– En tietenkään, vakuutti vaimo säikähtäneenä.

– Enhän minä itsekään tykkää eläinten tappamisesta.

– No, mikäs sitten on vinossa? tiukkasi mies. – Annas nyt kuulua, ettet siinä kuleskele niin myrkkyä syöneen näkösenä.

– Minä tykkäsin laulaa lehmilleni, puuskahti nainen.

Mies näytti ällistyneeltä ja hymyili sitten huvittuneena.

– Saathan sinä hyvä ihminen laulaa niille niin paljon kuin vain lystäät, hän sanoi. – Siinä nauhurissa on nappi, josta musiikin voi katkaista milloin vain. Etkö sinä osaa painaa sitä nappia?

– Osaan, sanoi nainen ja meni navettaan. Ovella hän kuuli miehen taas kuvailevan kissalle navetan maukkaita hiiriapajia. Hän hiipi huivi kädessään navetan peränurkkaan, jossa tiesi hiirten usein pesivän heinissä ja jäi kuuntelemaan. Pientä vikinää sieltä kuului nytkin. Salamannopeasti hän kiepautti huivinsa sisään ison tukun heiniä juuri pesän kohdalta ja tirkisti varovasti sisään. Se onnistui. Sekä emo että poikaset olivat vankeina huivissa. Itsekseen hymyillen hän kiirehti huivimyttyineen ulos ja asteli kevyesti miehen ja kissan ohi. Lehmät ammuivat haasta kaipaavasti, kun näkivät hänen kulkevan polulla, mutta hänellä ei ollut nyt aikaa niille. Vasta päästyään polun päähän niittylammelle hän alkoi rauhoittua.

Niityllä oli vanha harmaa lato, jonka hän oli valinnut turvapaikaksi hiirilleen. Hän tyhjensi huivin sisällön varovasti heinäkasaan, asetteli parin metrin päähän leivänkannikoita ja istuutui itse ladon ovelle. Varovaisesti vain silmänurkastaan hän sieltä vilkuili hiirten suuntaan.

Jonkin ajan kuluttua kuului vikinää ja hiljaista rapistelua ja näkyi pientä liikettä. Pian heinät alkoivat heilua, ja hiiriemo työnsi päänsä näkyviin. Kirkkailla nappisilmillään se tarkasteli varovasti latoa ja naista. Se oli pelästynyt, mutta selviytynyt lapsineen hengissä muutosta. Nainen istui kauan ladon oviaukossa aurinkoista lampea katsellen ja seurasi hiirten hiljaista rapinaa takaansa. Jonkin ajan kuluttua poikasetkin alkoivat kurkistella ulos pesästä, ja emo rohkaistui hakemaan palan leipää lapsilleen. Naista hymyilytti, kun hän viimein hennoi irrottautua hiiriperheen seurasta. Reippaasti hän lähti astelemaan kohti kotia ja velvollisuuksiaan.

Nainen hoiti talon ja kasvimaan. Mies piti huolta navetasta. Koira seuraili enimmäkseen naista, mutta ei pelännyt enää miestä ja loikoili joskus kopissaan. Kissa hiippaili miehen perässä tai omilla teillään. Mies oli touhukas ja aina keksimässä jotain uutta. Peltoja hän ei kuitenkaan ostanut takaisin eikä myöskään metsää. Nainen oli aina väsynyt. Häntä nukutti jatkuvasti, vaikkei joutunut enää aamulypsyllekään nousemaan.

– Sinusta on tullut kovin vetelä, huomautti mies. – Tupakin on nykyään huonosti siivottu, kukat repsottavat puolikuolleina, eikä kunnon ruokaa ole aikoihin tarjottu. Eihän se nyt tarkoitus ollut, että heittäydyt noin holtittomaksi, kun minä olen kotona. Yhdessähän meidän piti ahertaa.

Nainen silmäili tuvan harmahtavia ikkunoita ja lattialla kieriviä pölypalloja. Hän tunsi olonsa uupuneeksi ja kelvottomaksi.

– Minä lähden kalaan, hän viimein päätti. – Saat tänään vaihteeksi sitten paremman aterian.

– Mitä joutavia, sanoi mies. – Siivoaisit nyt vaan täällä, ja vaihteeksi voisit luoda lannatkin navetasta, jos lisähommia kaipaat. Kyllä kellarista ruokatarpeita aina löytyy.

Mitään sanomatta nainen paiskasi matot pihalle tuulettumaan ja lakaisi tuvan sellaisella tuiskeella, että mies ja koira pakenivat pihalle. Saatuaan tuvan siistityksi hän haki liiteristä lapion ja alkoi kaivaa matoja kasvimaan laidasta. Hän ei sanonut mitään silloinkaan, kun nappasi viimein ongen käteensä ja riensi sen kanssa lampea kohti.

Mies katseli sivusta pahoilla mielin. Tulikin se suotta suututetuksi. Hän oli vain tahtonut, että se olisi kaivautunut esiin täkkiensä keskeltä ja tullut syömään aamiaista hänen kanssaan. Ja kaipa hän oli toivonut, että se olisi vähän kehunut kaikkea, mitä hän oli saanut aikaan. Sen sijaan se nyt pakeni häntä kokonaan. Se ei sietänyt häntä nykyisin. Hän yritti parhaansa mukaan olla mieliksi ja teki kaikki raskaimmat työt sen avuksi, mutta ei sille mikään kelvannut, mitä hän teki. Se ei kai välittänyt hänestä enää, kun hän oli pelkkä tyhjäntoimittaja ja lorvaili kotona sen kiusana.

Muutenkin kierteli mielen pohjalla kaiken aikaa uhka, että kaivos suljettaisiin kokonaan. Isoisä oli viljellyt peltoja. Viljely oli ikävää ja yksinäistä hommaa, joka ei nykyaikana lyönyt leiville. Jo nuorena poikana hän oli päässyt isän kanssa töihin kaivokseen. Ilman kaivostyötä hän ei osannut ajatella mitään ihmisen arvoista elämää itselleen.

Nainen istui lammen rannalla onkimassa parisen tuntia. Kissa ja koira olivat kipittäneet hänen peräänsä. Kissa istui vieressä ja katseli tarkkaan onkimista. Koira juoksenteli omissa touhuissaan jossain lähistöllä. Aurinko paistoi, ja pieni tuulenvire keinutti lammenpintaa. Hänen mielensä kävi koko ajan iloisemmaksi. Oli ihanaa olla välillä yksin. Pienestä pitäen hänessä oli ollut semmoinen vika, että hän viihtyi luonnossa omissa oloissaan. Miehelle sellainen oli sallittua ja suorastaan eduksi, kun tämän oli hoidettava työnsä pellolla ja metsässä. Naiselle se ei sopinut. Naisen kuului häärätä aamusta iltaan askareissaan, huolehtia ihmisistä ja eläimistä ja pitää kotipiirinsä asiat valvonnassaan. Ei siihen sopinut omilla teillä juoksentelu tai vaipuminen haaveisiin. Lammen rannalla oli viihtyisää, ja kalaa nousi vedestä tasaiseen tahtiin. Ei tarvinnut ainakaan tuntea itseään laiskaksi. Nainen palasi kotiin hyvällä tuulella kunnon kalasaalista kantaen.

– Saat kalasoppaa tänään päivälliseksi, hän huusi jo kaukaa pihalla seisoskelevalle miehelle.

– Mikäpä siinä, murahti mies. – Olipa vaan aika urakka yhden aterian tykötarpeitten haalimisessa, mutta omahan on asiasi. Minä en niin ongella välitä kykkiä, kun se on minusta enempi semmosta pikkupoikain ja joutoväen hommaa. Ikkunat sulta kyllä unohtui pesemättä, hiiret rapisteli navetassa kun kissa lorvi lammen rannalla ja pihalle pääsi vieras huomaamatta, kun koirankutale karkasi retkelle sun kanssasi.

– Oliko se joku kaivoksesta? kysyi nainen.

– Kiertelevä kulkukauppias vain, sanoi mies ja jotain

pahankurista välähti hänen silmissään. – Möi variksen-
pelättejä, ja ostin yhden tuonne kasvimaalle.

Nainen vilkaisi marjapensaiden suuntaan ja jähmettyi
paikalleen. Koira rähähti haukkumaan ja kissan selkä-
karvat nousivat pystyyn.

Pelätti oli puolitoista kertaa tavallista ihmistä isompi.
Se esitti herrasrouvaa hepenissään. Sen rinnassa kiilteli
koru, ja päässä oli suuri hattu, jonka lieri lepatteli tuu-
lessa. Nenä oli pitkä ja kasvojen ilme kopea. Toinen käsi
kohotti päivänvarjoa kuin lyödäkseen.

– Aikamoinen kuvatus, sai nainen viimein sanotuksi ja
astui lähemmäksi tarkastelemaan pelättiä. – On se kyllä
aika erikoinen variksenpelätiksi.

– Äläs nyt aina arvostele mun töitäni, sanoi mies.

Nainen vilkaisi häneen yllättyneenä, katsoi sitten uu-
destaan pelättiä, ja hidas hymy levisi hänen kasvoilleen.
Mies oli vihdoinkin rauhoittunut pakonomaisesta uu-
rastamisestaan ja keksinyt itselleen huviakin välillä.

– En arvannutkaan, että osaisit tehdä jotain noin
upeaa, hän sanoi. – Hiukan se kyllä muistuttaa toisen
kaivoksenomistajan rouvaa.

He ihailivat hetken yhdessä kasvimaan uutta kuva-
tusta.

– Kävi täällä tosiaan vieraskin, sanoi mies viimein. –
Petterssonin paska kävi pyytämässä päällysmieheksi rä-
jäytysporukalleen. Tarttisi kuulemma apulaista.

– Eikö kaivosta vieläkään avata kokonaan? kysyi nai-
nen.

– Kukaan ei tiedä, sanoi mies. – Ties, vaikka seisoisi
parikin vuotta länsilouhosta lukuun ottamatta. En minä
kyllä Petterssonin alaisena rupea työskentelemään, kun

itse olen ainakin yhtä hyvä mies. Mitä ne oman porukan miehetkin siitä tuumaisivat? Sinusta minun tietysti pitäisi mennä.

– En tiedä, sanoi vaimo, sattui vilkaisemaan sivulleen ja päästi kauhunhuudon.

– Voi Viirunryökäle, minkä teit! Voi sua onnetonta varasta!

Kissa oli tyhjentänyt kalavadin puolilleen ja raahasi juuri suurinta ahventa saaliinaan navetan seinustalle. Se katseli naista keltaisilla silmillään ja sähisi varoittavasti.

– Ei näistä enää kunnon soppaa tule, korkeintaan joku laiha liemi, valitti nainen.

Itkuun purskahtaen hän lysähti nurmelle kädet kalavadin ympärillä. Vähiinpä se hänen saaliinsa oli äkkiä huvennut.

– No jo tuli poru muutamasta sintistä, tokaisi mies. – Ihan sekopää muijakin mulla vielä.

Hän katseli naista ja hymyili hiukan. Hupsu se oli, ja oli aina ollut. Oli onni, että kotitilalla riitti töitä edes sille. Ei siitä olisi ollut maailmalla leivästään tappelemaan, kun ei edes kissalle osannut puoliaan pitää.

– Joudus nyt laittamaan jotain ruokaa meille ja lopeta tuo turha vollotus, hän sanoi. – Ongi huomenna lisää, niin saadaan sitten se kunnon soppa.

Mies lähti töihin kaivokselle uuteen asemaansa Petterssonin alaiseksi. Joka ilta kotiin tultuaan hän tarkasti, että vaimo oli hoitanut kaiken hänen määräystensä mukaisesti. Hän oli kovin äreä, tiuski vaimolle kaikesta ja tuli helposti tuupanneeksi tieltään niin kissan kuin koirankin.

Lypsy oli jäänyt taas naisen huoleksi. Jostain syystä hän ei millään oppinut käyttämään uutta lypsykonetta, vaan joutui aina lypsämään käsin. Miestä naisen itsepintainen typeryys raivostutti suunnattomasti. Kerran taas asiasta kinattuaan hän paiskasi lypsykoneen navetasta pihalle ja hyppi sen päällä, kunnes se varmasti särkyi.

– Kallis, hyvä vekotin, ei vaan kelpaa eukolle, hän pauhasi. – Turhaahan se kaikki on, mitä yritän tehdä tän talon hyväksi.

– Et kysynyt minulta ennen kuin ostit, sanoi vaimo. – Olisin minä voinut kertoa, etten tuommoisia tahdo enkä niiden kanssa pärjää.

Mies mulkaisi naista harmissaan. Olisihan koneen voinut myydä jollekin naapurille, jos sen käyttö kerran oli vaimolle niin vastenmielistä. Kun se ei ikinä osannut selittää mitään ajoissa, nytkin tuli turhaan ostetuksi ja tuhotuksi kallis vekotin. Eipä se päivä paistanut hänelle sen enempää töissä kuin kotonakaan nykyisin. Jotenkin vaimokin oli alkanut tuntua niin tuiki ikävältä ja ynseältä naisihmiseltä. Olisi nyt ollut hänen tukenaan pahoina päivinä niin kuin kunnon vaimon tulee, mutta tämäpä vaan ei.

Vihoissaan hän potkaisi lypsykoneen jäännökset kaivoon ja sai siitä lisävaivaa itselleen, kun joutui kaivon sitten kokonaan tyhjentämään.

Neljän kuukauden jälkeen syksyllä kaivos palautettiin täyteen toimintaan. Mies palasi entiselle paikalleen omien miestensä johtoon. Kaivoksen asioiden vallatessa hänen mielensä hän unohti antaa vaimolle ohjeita tilanhoidosta.

– Tee niin kun ennenkin, hän sanoi, jos vaimo kysyi häneltä jotain äskeistä riita-asiaa. – Tokihan nyt tuon vertasen osaat itsekin hoitaa. Autan myöhemmin, jos tarvitaan, mutta juuri nyt en kerkiä tuommosia ajatellakaan. Ensitöikseen nainen poisti navetasta musiikkinauhurin ja alkoi taas laulaa lehmilleen. Ensin se sujui vähän kankeasti, mutta lehmien ystävällisyys sulatti pian jään hänen sydämestään.

Maidontuotanto parani hiukan lypsykoneen myötä ja lehmät viihtyivät omillaan ilman minuakin, hän ajatteli. Silti lehmät ovat rakkaimpia ystäviäni eikä ystävyyttä mikään voi korvata.

– Muu muu, sanoi Mansikki ja hieroi turpaansa hänen olkaansa vasten. Toiset lehmät katselivat lempeästi viereltä ja kurkottivat päitään häntä kohti. Kissa pujahti myös jostain siihen ja naukui anovasti huomiota kerjäten. Nainen silitti sen selkää ja kaatoi sille maitoa kuppiin, mutta se ei enää hellyttänyt hänen mieltään. Se oli kissojen tapaan aina omistanut itse itsensä, ja hän oli hyväksynyt sen. Kun mies oli opettanut sen jahtaamaan hiiriä, sen lumoavuus oli haalistunut hänen silmissään. Se ei ollut enää hänen lemmikkinsä, vaan täysin tavallinen kissa.

Koirakin oli muuttanut tapojaan. Joskus se pyysi päästä öisin ulos. Kun nainen parin tunnin kuluttua meni huolestuneena katsomaan, se loikoili kaikessa rauhassa kopissaan ja vain heilautti häntäänsä tervehdykseksi. Muuten Piski oli kuitenkin hänen uskollinen toverinsa ja yhtä sydämellinen kuin ennenkin.

Kasvimaan ympäriltä nainen ei uskaltanut poistaa aitaa mieheltä kysymättä.

– Ota, ota, jos siitä on enemmän haittaa kuin hyötyä, sanoi mies hämmästyneenä. – Eihän sitä nyt siihen sinun kiusaksesi ole rakennettu.

Nainen päätti pitää aidan, kun ei ollut pakko. Se oli oikeastaan kaunis, vaikka tehoton. Hän poisti portin ja lisäsi joka sivulle aukkoja, niin ettei aita enää hankaloittanut hänen kulkuaan. Valtavan variksenpelättimen, jonka mies oli tehnyt viimeisenä lomapäivänään, hän kantoi liiterin perimmäiseen nurkkaan. Miehelle voisi aina sanoa, ettei tuollaista taideteosta kannattanut pitää esillä.

Kastelulaite kaivosta kasvimaalle oli ainut miehen tekemä uudistus, josta oli hänelle iloa. Kaikki muu olisi joutanut hänestä pois, mutta kaikkea ei enää pystynyt muuttamaan ennalleen. Kissassa tapahtunut muutos häntä pahiten suretti, mutta tietysti kissallakin oli oikeus elää oman luontonsa mukaan. Ehkä hän oppisi sen aikaa myöten hyväksymään. Viehkeä otus Viiru petonakin oli.

Saatuaan kaiken kotitilallaan omalle mallilleen nainen huokaisi helpotuksesta. Nyt hän saattoi tuntea taas itsensä kunnon ihmiseksi, joka osasi työnsä ja hallitsi omaa elämäänsä. Siksi hän hämmästyi kovin tajutessaan eräänä päivänä, että hänellä oli ikävä miestä ja tämän innokkaita suunnitelmia. Ei ollut mukavaa, kun mies oli komennellut kaiken aikaa ja sekaantunut kaikkiin hänen tekemisiinsä. Hän oli ajatellut, että se oli tahallaan ilkeä. Nyt kun se oli kauempana, hän tajusi, että se ei ehkä ymmärtänyt häntä kovinkaan hyvin. Tai sitten se ei vain osannut elää tilalla muullakaan tavalla. Ei hän halunnut sitä tänne häiritsemään, ja silti hänellä oli nyt sitä ikävä. Mies on pilannut kaiken, niin kissan, koiran, kuin minutkin, hän ajatteli. Hetken asiaa mietittyään hän haki navetan perältä hylätyn musiikkinauhurin ja kantoi sen tuvan nurkkaan.

– Työtehoa ja maidontuotantoa lisäämään, hän mutisi itsekseen. – Lehmät eivät tätä tarvitse, mutta ehkä se tehoaisi minuun. Hän käynnisti nauhurin, ja kevyt musiikki levisi tupaan hänen alkaessaan alustaa taikinaa. Pian hänestä rupesi tuntumaan, että joku ystävällinen olento seurasi hänen puuhiaan lempein silmin. Se ei moittinut, pilkannut eikä määräillyt, vaan pelkästään ihaili hänen tarmoaan. Jos jokin työ ei ottanut onnistuakseen, se lohdutti ja kannusti jatkamaan.

Kerran mummo oli ollut heillä kotona auttamassa, kun hän oli pieni tyttö ja äiti makasi kipeänä pikkuveljen syntymän jälkeen. Mummo oli opettanut hänelle kodin askareita ihan toisin kuin kiivasluontoinen äiti. "Ahkera, taitava ja ilo minun vanhoille silmilleni", oli mummo häntä usein kiitellyt. Mummolta hän oli myös oppinut useimmat laulunsa, kun se aamusta iltaan oli rallatellut töitä tehdessään.

– Onpas täällä kodikasta ja hyväntuoksuista, sanoi mies illalla kotiin tullessaan. Vaimo oli leiponut ja laittanut lihapataa päivälliseksi, ja siinä se seisoi hymyssä suin ja kirkkain silmin häntä vastaanottamassa, kuten kunnon vaimon tulikin.

– Kuinkas sinä noin hyvällä tuulella olet?

– Kiitos sinun, sanoi vaimo nauraen. – Toin musiikki-
nauhurin tupaan työtä tehostamaan, ja minuun se tepsi
vielä paremmin kuin lehmiin.

Mies katseli tupaa ja nauravaa vaimoa. Hänestä tun-
tui, että se juonitteli. Toisaalta semmoista kai se naisväki
oli kautta aikojen ollut. Ei niiden ajatuksilla ja mielen-
liikkeillä kannattanut liikaa päätään vaivata, kun niitä
ei kumminkaan ollut mahdollista ymmärtää.

– Hyvä, etteivät menneet hukkaan nekin rahat, hän
vain totesi ja kävi innolla ruoan kimppuun. Syötyään
kauan hän lopulta nosti taas katseensa vaimoon.

– Puhuin toisen omistajaveljeksen kanssa tänään, hän
sanoi. – Ajat ovat kuulemma niin huonot, että kaivos
voidaan joutua sulkemaan koska tahansa kokonaan.

Ilo sammui naisesta. Hän ajatteli yksinäistä latoa,
jonne oli kesällä pelastanut hiiriperheen. Ladossa oli so-
pivalla korkeudella oleva parru ja liiterin nurkassa vyyhti
tukevaa köyttä. Pienten tikkaiden avulla köyden saisi
helposti parruun kiinni.

– Ostin meille metsää, sanoi mies. – Ostin kaikki en-
tiset maat ja ympäriltä vielä lisääkin. Nyt ei sitten ole
rahaa piilossa pahan päivän varalle, mutta metsämaita
sitäkin enemmän.

Miksei heti kertonut, että osti metsää? mietti nainen.
Siinähän olisi pelastus, jos se taas joutuisi työttömäksi.
Omilla maillaan kun alkuun metsätöitä tekisi, se keksisi
pian muutakin, josta saisi säännöllisen työn ja toimeen-
tulon. Miksei se kertonut sitä ensimmäiseksi? Sen mie-
lestä oli kai hauska kiusata ja pelotella häntä. Hän tunsi
raivon nousevan sisältään. Tuon takia hän oli jo ajatellut
itsensä hirteen ripustaa.

Hän käännähti mieheen päin, ja mies ihan hätkähti hänen silmiensä verhoamatonta vihaa. Mikä ihme vaimoon nyt oli mennyt?

– Sinusta minun olisi tietysti pitänyt ostaa peltoja, sanoi mies. – Maajussia et kyllä minusta saa tekemälläkään, eikä sinulla ole tähän asiaan mitään sanomista.

– Ostit mitä ostit, tuhahti nainen tuijottaen miestä pistävin silmin. – Tietysti sinun olisi pitänyt ensin neuvotella minun kanssani, mutta tehty mikä tehty. Pääasia, että jotain työmaata itsellesi hankit, ettet enää tule häiritsemään minun hommiani. Sinä päätit ostaa metsää. Minä puolestani päätin hankkia meille ne pari uutta lehmää, joista jo kauan on puhuttu. Kuusi lehmää on sopiva määrä. Navettaa pitäisi myös korjata, ellei sitten ihan uutta rakenneta. Ja navetan ja lehmät minä tahdon omiin nimiini. Mies silmäili hermostuneena naista. Se tuntui jotenkin omituiselta. Tavallisesti se oli arka ja lepyttelevä, ei vaatinut mitään eikä tuijotellut röyhkeästi silmiin. Sen silmätkin olivat muuttuneet niin koviksi ja julkeiksi. Terävä nenä värähteli hiukan kuin saalista vainuten hänen suuntaansa. Ilta-auringon valossa erottui ylähuulessa pari pitempää viiksikarvaa.

– Varmasti jätit rahaa sen verran, että pari lehmää saadaan hankituksi, sanoi nainen ja hymyili äkkiä niin, että terävät keltaiset jyrsijänhampaat työntyivät näkyviin. – Jos et ole jättänyt rahaa, joudut saman tien myymään osan metsästäsi. Mennään huomenna ostamaan lehmät ja siirretään navetta samalla mun nimiini, ettei asia pääse unohtumaan.

Rottaahan se muistuttaa, tajusi mies kauhistuneena. Hän vilkaisi naisen kättä, joka laihana ja koukistuneena

105

terävin kynsin naputteli pöytää kärsimättömästi hänen lähellään. Se saattaisi kynsiä hänen rintansa auki tai purra kurkkuun, jos päättäisi hyökätä. Rottia hän kammosi enemmän kuin mitään muuta maailmassa. Ne olivat liian ovelia pyydystettäväksi, ja ahtaalle joutuessaan ne hyökkäsivät helposti kimppuun. Myrkky oli ainut, joka niihin tepsi.

– En tiennyt, että haluat navetan ja lehmät nimiisi, hän sanoi pakottautuen katsomaan naista kasvoihin. – Kaikkihan meillä on yhteistä, mutta mikäs siinä, jos se kerran on sinulle noin tärkeää.

Naisen asennon ja silmien hyökkäävyys alkoi haihtua, mutta jotain rottamaista hänessä vieläkin oli.

– Kyllä rahaa ainakin yhteen lehmään vielä löytyy, vakuutti mies ja kaiken rohkeutensa keräten tarttui vaimoa kädestä. – Tietysti saat kohtuuden mukaan sen, mikä sinulle on noin tärkeää. Mutta sano nyt, mitä ajattelet metsänostosta? Mahdoinkohan tehdä kovinkin tyhmästi?

– Et, sanoi nainen. – Pikemminkin luulen, että toimit viisaasti. Metsässä on enemmän tulevaisuutta kuin pelloilla. Metsää ei ole pakko hoitaa, ja jos tulee rahapula, siitä voi helposti myydä puita pois. Ja ehkä niistä puista voisi muutakin tehdä kuin tukkeja.

Nainen rupesi korjailemaan ruokia ja astioita pois pöydältä, ja mies silmäili häntä salaa. Mitähän kummia hän oikein oli kuvitellut äsken? Ihan tavalliselta vaimolta se näytti taas. Lehmä sille nyt kumminkin oli ostettava ja siirrettävä kantturat ja navetanrähjä sen viralliseen omistukseen. Aina mies sanansa piti, vaikka miten joutavia olisikin tullut luvatuksi.

EVELIINAN EHTOOAIKA

Eveliina kulkea köpittelee metsätietä bussipysäkiltä mökille päin. Toista oli elämä silloin, kun pääsi vuorolaivalla suoraan huvilan laituriin. Nyt tässä vanhana sai yksin raahustaa tavaroitten kanssa metsän halki jalkaisin. Tavallisesti ei edes juttukumppania matkalle osunut. Eveliinalla on päällään kaupunkileninki ja ohut kesätakki, ja päässä arvokas hattu. Toisessa kädessä roikkuu musta käsilaukku ja toisessa kassi pullollaan herkkuja mökille vietäväksi. Ei perhe täkäläisestä puodista mitään kelvollista syötävää saanutkaan.

Takaa kuuluu lähestyvän auton ääni, ja Eveliina kiirehtii tiensivulle turvaan. Toiveikkaasti hän tähyilee kätensä suojasta auton suuntaan. Ohi se vain pyyhältää, kukaan ei vilkaise, tervehdi saati sitten kyytiä tarjoa. Toista se oli elämä vielä jokin aika sitten, ennen tätä turhaa tietä, kun veneellä mökeille kuljettiin. Sen kaupan venesatamasta kaikki hänelle aina kilvan kyytiä kotiin tarjosivat. Koskaan ei tytärkään tiennyt, millä veneellä ja kenen kyydissä äiti huvilanrantaan ilmestyi.

Allapäin Eveliina siirtyy tienreunasta keskemmälle ja huomaa kiukukseen vaatteidensa sotkeutuneen valkeaan nöyhtään. Horsmia, noita viholaisia. Radanvarret ne oli aikoinaan horsmia punaisinaan vanhempien pikkuisen mökin liepeillä, mutta oli hän luullut elämässään jo horsmista eroon päässeensä. Huvilan pihallakin kasvoi pioneja ja muita puutarhakukkia. Mutta tässä hänen ympärillään nyt oli joka puolella horsmaniljetyksiä heittelemässä ilmaan törkyisiä jätöksiään.

Eveliina nappaa tienreunasta tukevan kepin ja alkaa kiukkuisesti huitoa horsmia.

– Siitäpäs saatte ja siitä, hän puuskuttaa valkeitten höytyvien pöllytessä ilmaan. – Kyllä minä teille kyytiä näytän.

Horsmat näyttävät nujertuneilta. Eveliina jatkaa matkaansa ponnistuksesta punoittaen ja voitonriemuisena hymyillen. Kepin hän ottaa mukaansa pitääkseen tulevatkin horsmat kurissa. Matka pysäkiltä mökille kestää kauan, kun hän pysähtyy tuon tuostakin siivoamaan tienvarsia puhtaiksi horsmien röyhkeimmiltä hyökkäyksiltä. Kun hän vihdoin palavissaan saapuu huvilan pihalle, Vieno-tytär kiiruhtaa häntä vastaan huolestuneen näköisenä. Kovin se on Vieno lihonut ja käynyt arkisen näköiseksi. Jos Eveliina on kovin ajatuksissaan, hän ei sitä aina heti tyttärekseen tunnistakaan.

– Sieltähän sinä nyt vihdoinkin tulet, huudahtaa Vieno huojentuneen moittivasti. – Sinähän sanoit tulevasi aikaisemmalla bussilla, ajattelin jo, että pitäisikö lähteä vastaan, kun ei alkanut kuulua. Syömäänkin me on jo sinua odoteltu.

– Minä tulen, milloin tulen, tokaisee Eveliina tuikeasti. – Jos lupaan saapua tietyllä autolla, sillä myös saavun. Muuten kyllä tulen ja menen omien kiireitteni mukaan. En minä vielä mikään holhottava ole. Toin kaupungista kunnollista leipää ja kaakun Henttolan leipomosta. Ja Sieviseltä suolalihaa. Löysin myös kellaristani vaapukkahilloa, jotka saatte nyt käyttää ruoaksi.

– Miksi sinulla on tuo keppi kädessä? kysyy Vieno. – Ei kai sinua vain ole ruvennut huimaamaan?

– Vielä mitä, puuskahtaa Eveliina ja hymyilee omahyväisenä. – Annoin tuossa matkan varrella kyytiä horsmille. Lennättävät ryökäleet siittiöitään joka paikkaan, vaatteetkin sotkevat. Pistin niitä mataliksi tuossa tullessani. Jos minä jotakin vihaan, niin horsman siittiöitä. Vieno menee vähän oudon näköiseksi. Se on aina ollut lepsu ja pelännyt hänen kipakkaa tarmoaan. Sitten se yrittää anastaa häneltä kassin.

– Anna äiti, kun minä kannan tämän sisälle, se sanoo. – Suotta sinä rupesit näin painavaa lastia yksinäsi raahaamaan.

Eveliina pitää tiukasti kassista kiinni, mutta huomaa äkkiä auringossa pihalla lojuvan koiran. Siinä se raottaa silmiään, vilkaisee häntä ja jatkaa taas uniaan. Ei se tervehtinyt eikä haukkunut häntä, niin vetelä ja saamaton luontokappale sekin oli.

– Mitä tuo Julle tekee tuossa keskellä pihapolkua? Hän kysyy Vienolta paheksuen.

Vienon mies se on ihastunut tuommoiseen omituiseen koirarotuun. Isoja, haisevia ja iljettävän kiharakarvaisia ne kaikki ovat olleet, mutta tämä uusin uroskoira se on kyllä kaikkein riettaimman näköinen.

– Taitaa Julle vain nukkua auringonpaisteessa ja nähdä mukavia koiranunia, hymähtää Vieno.

– Menisi edes marjaan tai sieneen, niin oisi siitäkin jotakin hyötyä, sanoo Eveliina.

– Ei taitaisi koiran marjastamisesta oikein mitään tulla, sanoo Vieno mietteliääseen sävyyn. – Sieniä se ehkä osaisi poimia maasta suullaan ja panna koppaan, mutta ei taitaisi Jullerukka erottaa syötäviä roskasienistä tai myrkyllisistä. Suussaan se oppisi ehkä kopan kotiin kantamaan.

– Eipä osaisi Julle sieniä erottaa, hihittää Eveliina. – Ei monet ihmisetkään nykyisin enää osaa.

Hän silmäilee maassa nukkuvaa koiraa vahingoniloisena, mutta sitten hänen kasvoilleen kohoaa taas harmistus.

– Eikös se olisi kumminkin parasta leikkauttaa tuo Julle, hän sanoo äkäisesti. – Niinhän se on tapana tehdä kotieläimille. Ei Jullesta sienestäjäksi ole, kun se on niin tyhmä ja taitamaton, mutta tuosta kapineesta sen jalkojen välissä ei kotielukalle ole muuta kuin haittaa. Luonto paranee, kun viet sen kuohittavaksi. Olisi paljon siistimmän näköinenkin.

Eveliina kulkee Vienon perässä talolle ja ohimennen hän hiukan potkaisee jalallaan nukkuvaa koiraa. Se vinkaisee, hypähtää jaloilleen, mutta tunnistaa sitten Eveliinan ja heilauttaa alamaisesti häntäänsä.

Eveliinan kasvoille leviää pahanilkinen hymy, mutta sitten hänen katseensa sattuu tyttöön. Se on istunut puutarhakiikussa niin hiljaa, ettei hän sitä ole huomannutkaan. Se katselee häntä suurin silmin, ei sano mitään, mutta silmistä kyllä näkee, mitä se ajattelee. Selvästikin se nyt ajattelee, että mummo potkaisi koiraa.

– Enkä potkassut, sanoo Eveliina. – Vähän vaan jalalla tuuppasin. Opetin tervehtimään.

Hän hymyilee tytölle maireasti, tytönkin kasvoille leviää hymy, ja sitten se alkaa hihittää. Eveliina silmäilee sitä hyvillä mielin. Tyttö on kahdentoista, pieni ja hiljainen, mutta hyvä sillä tuntuu kumminkin olevan tuo ymmärryksen lahja.

– Tulehan syömään, Riina, hän kehottaa suopeasti. –

Ootte joutunut minua odottamaan, on varmasti sinullakin jo nälkä.

Yöllä Eveliina herää johonkin ääneen. Viereisestä huoneesta se kuului. Sänkykö siellä vinkaisi vai mitä se oli? Nyt Markku kuuluu puhuvan jotain matalalla äänellä. Eveliina terästää kuuloaan, mutta sanoista ei saa selvää seinän läpi. Ja nyt Vienokin sanoo jotakin ja nauraa kihertää siihen päälle.

Eveliinaa harmittaa. Kehtaavatkin herättää hänet joutavilla jutuillaan. Mitä ne nyt keskellä yötä elämöivät ja häiritsevät hänen yörauhaansa. Siunaisivat itsensä ja panisivat maaten, niin kuin kaikki kunnon ihmiset. Ja nyt siellä taas nauretaan. Yökaudet valvotaan, tyhjälle nauretaan ja muitakin valvotetaan. Jos se pikkuinen kamari talon toisella puolella ei olisi niin kylmä, hän muuttaisi sinne takaisin. Vaikka kyllä siellä vähän pelottavaa oli nukkua niin kaukana muista, kun tyttökin nukkuu tässä lähellä. Mitä varten se Vieno nyt tuolla tavalla Markkua liehakoi?

Muutenkin oli huvilalla rattoisampaa silloin, kun Markku ei ollut lomilla. Kun se kävi vain viikonloppuisin, se hyvin kerkesi tekemään ne työt, johon miestä tarvittiin, eikä muuten ollut turhaan tiellä. Kun se oli lomalla, Vieno ikään kuin lakkasi kokonaan olemasta tytär, hylkäsi hänet ja hääräsi vain Markun ja sen tekemisten ympärillä. Heti kun Markku oli lähtenyt, Vieno muuttui taas omaksi itsekseen, kuunteli kunnolla ja rupatteli hänen kanssaan oikeista asioista. Mutta Markun ollessa paikalla se vain sitä liehakoi ja sen ympärillä hääräsi. Huono oli niillä avioliitto, kun siinä ei ollut sijaa edes vanhalle äidille. Sellaista kai siitä tuli, kun ei eletty uskossa. Elämästä puuttui selkeät ohjeet, ja lähimmäisenrakkaus jäi pelkäksi sanaksi. Niinpä niiden liitosta puuttui myös kaikki todellinen onni.

Toista se oli ollut hänen ja Joelin liitto. Heidän elämänsä perustana oli yhteinen usko ja pyrkimys noudattaa Herran käskyjä. Siksi heidän onnensa olikin ollut suuri. Viidellä lapsella Herra oli häntä siunannut, kun taas Vieno raukalla oli vain yksi lapsi ja sekin kovin totinen tyttö.

Ihanaa oli Eveliinan elämä ollut Joelin kanssa. Olisihan hänellä ollut ottajia vaikka miten paljon, mutta vanhempien harmista huolimatta hän oli odottanut oikeaa ja samalla viattomasti huvitellut hyppyyttämällä muita nuorukaisia. Minkäpä hän sille mahtoi, että kaikki aina niin ihastuivat häneen. Heti kun hän oli tavannut Joelin, herra oli ilmoittanut hänelle, että tässä nyt oli se hänelle tarkoitettu aviomies. Joel ei ollut rikas, arvostettu eikä pappismies, niin kuin niin monet hänen kosijoistaan olivat olleet. Tutkimattomat olivat joskus Herran tiet. Joel oli ollut pelkkä viulunsoittaja, kunnes hänestä Eveliinan ohjauksessa oli kehittynyt vakavarainen kauppias. Eveliina oli rakastanut Joelia sieluineen ja ruumiineen, auttanut tämän arvostettuun asemaan ja synnyttänyt tälle viisi lasta. Yhdessä he olivat kaikin tavoin ylistäneet Herraa ja eläneet Hänen käskyjensä mukaan. Niinpä heidän onnensa olikin ollut suuri.

Eveliina hymyilee muistoilleen ja hipaisee hiukset kasvoiltaan. Seinän takaa kuuluu kumeana Markun kuorsaus, Vieno yskäisee kevyesti, ja Eveliina nukahtaa oma onni elävänä mielessään.

Vienon selvitellessä aamiaistiskejä Eveliina seisoo hänen seuranaan.

– Minä tuossa yöllä heräsin, hän sanoo. – Kyllä minä suuresti hämmästyin, kun kuulin, miten sinä siellä nauraa räkätit. Mitä varten sinä yöllä sillä tavalla nauroit? Vieno punastuu ja kaataa kattilasta vettä astioiden päälle.

– Markku vaan kertoi yhden hassun jutun, hän sanoo lopulta. – Ei ollut tarkoitus häiritä.

– Häiritsitte kuitenkin, sanoo Eveliina. – Monesti olen muutenkin miettinyt tuota teidän elämäänne. Ei se ole semmosta kun pitäisi. Tyhjälle kyllä nauretaan, vaan todellisesta onnesta ei tiedetä yhtikäs mitään.

– Kaikkea se äiti nyt keksiikin väittää, sanoo Vieno ja alkaa pestä kuppeja.

– Mitä minä keksisin, vanha ja elämää kokenut ihminen, sanoo Eveliina. – Yritän auttaa sinua. Olet tyttäreni, kai minun asiani on auttaa sinua parempaan elämään. Te ette elä armossa. Ihminen ei voi olla onnellinen, jos se ei elä armossa. Teidän pitää yhdessä etsiä oikeaa tietä, niin samalla löydätte myös oikean rakkauden niin toisianne kuin muitakin ihmisiä kohtaan.

Vieno tiskaa aamiaisastioita ja pitää katseensa tiskeissä.

– Hartain toiveeni on, että ottaisit nyt nöyrästi vastaan Herran ja tottelisit hänen sanaansa, sanoo Eveliina.

– Kun elää armossa, maallinen elämä on joka suhteessa mukavampaa ja taivasosuuskin taattu. Kyllä se on aika sinunkin jo alkaa ajatella iäistä elämää ja sitä, pääsetkö lopulta taivaan kotiin. Minun uskoni on luja ja minä kyllä menen taivaaseen. Vaan miltä luulet minusta tuntuvan, kun jatkuvasti murehdin, ettei kukaan lapsistani sinne minua seuraa? Menisitte nyt alkuun Markun kanssa yhdessä kirkkoon, niin voisi joku valo teidänkin sieluunne syttyä. Menkää vaikka ehtookirkkoon, sen verran Markkukin jaksaa varmasti seurata, ja aamusella saatte nukkua pitkään.

Vieno ei vastaa vieläkään, alkaa vain kuivata astioita pyyhkeeseen. Melkein tuntuu, kuin se ei olisi kuullut sanaakaan.

– Jolla on korvat, se kuulkoon! tiuskaisee Eveliina ja tuijottaa tytärtään, kunnes tämä kääntää katseensa häneen. – Ja sen minä vielä sanon, ettei sinun ikäsen naisen tarvitse miestä noin kovasti mielistellä. Kertokoon Markku juttunsa päivällä, niin muut tässä mökissä saavat yörauhan.

Vieno mulkaisee äitiään, paiskaa tiskivedet pihalle, työntyy Eveliinan ohi ulos ovesta ja jää pihalle. Eveliina huokaa. Ei sen kanssa juuri juttelemaan pääse, niin tytär kuin se onkin. Parastaan hän kuitenkin yritti, eikä sitä koskaan tiedä, milloin joku pienikin opastus voi lopulta saattaa ihmisen oikealle tielle.

Vieno ja Markku muuttavat saunalle nukkumaan.

Eveliina ja Riina lukitsevat illalla yhdessä huvilan ovet. Eveliinan käy tyttöä sääliksi. Sillä on varmasti paha mieli, kun vanhemmat sen noin vain hylkäävät. Riina on kahdentoista, hiljainen ja totinen tyttö, eikä se paljon sano vastaan vanhemmilleen, ei puhu ylipäänsä muutenkaan paljon.

Eveliina valvoo Riinan nukkumaan menoa vähän samoin kuin silloin, kun tyttö oli pikkuinen. Hän sulkee tiukasti ikkunan, taittelee sanomalehden patukaksi ja läiskäyttää jokaisen inisevän itikan hengiltä. Entisten iltasatujen sijasta hän päättää kertoa tytölle opettavaisia tarinoita elämästä. Tämä nuori ihmistaimi on nyt jätetty hänen huostaansa ihan vahingossa, vaan Herranpa hyvistä suunnitelmista ei ihminen useinkaan ennalta tiedä. Riina on neitoiän kynnyksellä. Rinnat sillä on jo nupullaan paidan alla, vaikkei Vieno sitä tietysti ole huomannut, kun ei ajattele muuta kuin itseään. On aika opastaa tyttöä naiselämää varten sekä auttaa sitä suojautumaan synniltä ja maailman pahuudelta.

– Sinäkin alat tässä pikkuhiljaa varttua neitoikään, hän sanoo tytölle lempeästi. – Ei se aina ole helppoa, mutta on siinä kaikenlaista mukavaakin edessä. Alkaa sitten pyöriä ihailijoita ympärillä. Minulla niitä oli niin mahdottoman paljon, enkä suinkaan ensimmäistä ottanut. Ne oli ne nuorukaiset joskus niin kauhean tosissaan, että ihan sydäntä särki niiden puolesta. Yksikin minun ihailija oli saanut jostakin päähänsä, että minä sen ottaisin, vaikka olin monesti sanonut, etten ota. Vaan se oli raukka niin rakastunut minuun, ettei minun puheita kunnolla kuunnellut. Oli ostanut sormuksenkin valmiiksi, ja yhtenä iltana vei minut lammen rannalle, kun se oli sen mielestä hyvä paikka kosia. No, enhän minä sitä rakastanut ja olin sen jo monesti sanonut, niin että tietysti annoin sille rukkaset. Ja aattele, siitä se sydämistyi niin, että viskasi kalliin sormuksen lammen pohjaan ja lisäksi vannoi, ettei ikänään ketään ota, kun ei kerran minua saa.

– Eikö se ottanut? kysyy tyttö.

– No, ottihan se lopulta, sanoo Eveliina. – Mutta vasta monen vuoden jälkeen. Nuorena ihmisellä on kiihkeät tunteet, mutta pakkohan sen oli lopulta avioitua, kun ei poikamiehenä päässyt virallaan eteenpäin. Ei se tietysti ketään minun veroista saanut eikä yrittänytkään, otti lopulta sen, jonka äitinsä sopivaksi katsoi.

Eveliina hymyilee tytölle happamesti. Mitä se nyt tuommosia turhia rupesi kyselemään, että jäikö hylätty kosija suremaan vai ei, kun se nyt ei siinä mitenkään olennaista ollut. Olennaisempaa oli se, mitä se hänelle lammen rannalla sanoi, kun viskasi kalliin sormuksen lampeen. Tyttö oli kai liian nuori ymmärtämään vielä rakkautta ja sen tuskaa ja voimaa.

– Olihan minulla monenlaista ihailijaa, hän jatkaa. – Osa niistä oli tulevia pappismiehiä, ja siitä tuli kovasti riitaa kotona, kun isä vaati minua ottamaan niistä jonkun. Isäkulta ajatteli, että ruustinnana minun olisi hyvä elellä ja pysyisin varmimmin Herran sanassa. Vaan en minä niistä välittänyt, yleensä ne oli ikäviä nuorukaisia, eikä parhainkaan niistä minun sydäntäni sytyttänyt. Kaksi niistä naitettiin sitten rumemmille siskoille, kun niillä ei omia ihailijoita niin ylen määrin ollutkaan.

Eveliina katsoo tyttöä huvittunut pilke silmissään.

– Eivät menneet hukkaan hyvät sulhaset, Lempille ja Rauhalle saatiin sopivat miehet, ja vanhemmat oli loppujen lopuksi vain hyvillään, hän sanoo.

Tämän asian tyttökin ymmärtää, ja he hihittävät hetken yhdessä.

– Alina löysi miehen omin avuin, vaan Auroorapa jäi kokonaan miehettä, jatkaa Eveliina. – Se oli jo nuorena homssuinen eikä välittänyt muuta kuin kirjoista. Nätti pitää yrittää aina olla, siisti ja nätti. Tietysti todellinen kauneus tulee Jumalalta ja sydämen oikeista ajatuksista,

116

mutta käskihän se Herra itsekin jokaisen pitää huolta leiviskästään. Mutta siveys on säilytettävä. On joitakin tyttöjä, tavallisesti maalta tulleita ja oppimattomia, jotka eivät älyä pitää kiinni siveydestään ja naisen kunniastaan. Heille käy huonosti.

– Mitä niille tapahtuu? kysyy tyttö kiinnostuneena.

– Sinä olet vielä niin nuori ja viaton, sanoo Eveliina empien hetken, mutta ei emmi kauan. Paras se on tytölle ajoissa elämän tosiasiat opettaa.

– Jos päästät miehen hameesi alle, se tekee sinulle lapsen, hän sanoo ääntään madaltaen. – Tai ainakin se houkuttelee sinut tekemään huorin, vie impeytesi ja sitten se sinut hylkää. Ja tauteja saa lisäksi pelätä ja sitä, että sortuu huonoon elämään. Onhan langenneille naisille perustettu tietysti avuksi turvakoteja ja järjestöjä. Minäkin kuuluin Armon sisariin kauan aikaa. Meillä oli semmoinen hakaneulalla takkiin kiinnitettävä valkea merkki aina silloin, kun liikuttiin järjestön tehtävissä, on minulla se merkki tietysti vieläkin tallessa, kotona kaupungissa se on. Me otettiin suojiimme tyttöjä, joille oli käynyt hullusti. Silloin, kun lapsi oli tulossa, sen syntymästä huolehdittiin ja sille hankittiin koti. Kaikki langenneet hoidettiin sielun ja ruumiin puolesta, osa lähetettiin takaisin maalle, ja muille järjestettiin työpaikka ja asunto. Maalliset asiat hoidettiin kuntoon, ja lisäksi joku sisarista otti sydämelleen tytön valvonnan ja sielunhoidon. Osa näistä langenneista tuli itse anelemaan meiltä apua, ainakin kun oli vaikeuksissa, mutta Armon sisaret kulkivat myös kaduilla ja pahamaineissa taloissa niitä etsimässä. Herraan turvaten he uskalsivat mennä suoraan saastan ja synnin keskelle, kohtasivat lujina pilkan, rumat puheet ja riettaat näyt ja pyrkivät käännyttämään langenneita tyttöjä kaidalle tielle. Monia he pelastivat ihan uuteen elämään ja uskoon ja monia muita takasin tavalliseen elämään. Mutta jotkut oli niin paatuneita ja tiukasti kiinni perkeleessä, ettei heille mitään mahtanut.

– Kävikö mummokin niissä pahamaineisissa taloissa? Kysyy tyttö ihailevan näköisenä.

– No, en itse, kun oli viisi lasta ja opettajan virka, myöntää Eveliina vastahakoisesti. – Ei se olisi ollut sopivaa. Mutta rukouspiiriä langenneille naisille vedin kyllä kauan, ja kertoivathan ne poloiset synnintekijät minulle siinä kaikenlaista elämästään. Vesissä silmin usein katuivat ja minulta kysyivät, josko he vielä saisivat armon ja pääsisivät takaisin kaidalle tielle. Minä aina sanoin, etten tiedä, en minä sitä ratkaise, vaan Herra sen päättää, mutta aina voidaan yhdessä rukoilla, veisata ja toivoa parasta. Tämän lisäksi meillä sisarilla oli ompeluseuroja joka viikko, ommeltiin kapaloita synninhedelmille ja kaikenlaista myyjäisiin. Siinä tietysti kuuli jos minkälaista tarinaa.

Eveliina katsoo tyttöön ja näkee tämän silmissä kiihkeän innostuksen ja halun kuulla lisää. Hyvillään hän hymyilee tytölle. Hiljainen se on, mutta hyvä sillä tuntuu olevan tuo ymmärryksen lahja.

– Eräskin tehtaantyttö oli vietelty ja hylätty, ja lankeemuksensa jälkeen se oli sortunut kadulle itseänsä myymään, hän kertoo tytön iloksi. – Armonsisar sai sen sieltä puhuttua mukaansa, se itki ja katui ja halusi takasin kaidalle tielle. Sillä ei ollut lasta tulossa eikä tautia, niinpä sille järjestettiin melkein heti työpaikka tuttujen keittiöstä, ja se sai oman huoneen asunnoksi. Armonsisar kävi lähes päivittäin sitä katsomassa ja jutteli sen kanssa synnistä, armosta ja sovituksesta. Ja aina se itkien katui syntistä elämäänsä, ja yhdessä ne rukoilivat sille armoa. Vaan kerran, kun sisar oli menossa taas sen luokse, ovi olikin lukossa. Ja arvaapas mitä?

Eveliina alentaa ääntään ja tuijottaa tyttöä tiukasti silmiin.

– Sieltä lukitun oven takaa kuului miehen ääni, hän kuiskaa.

Tyttö ei osaa sanoa mitään, tuijottaa vaan Eveliinaa jännittyneenä.

– Sisar koputti tietysti ovelle ja komensi tyttöä avaamaan heti, sanoo Eveliina. Mutta kauan kesti, ennen kuin tyttö laahusti ovelle ja avasi sen paitasillaan. Väitti olleensa nukkumassa ja siksi oli mennyt niin pitkä aika, ennen kuin havahtui avaamaan. Armon sisar ei tietenkään sen valetta uskonut. Selvähän se, mies oli jossakin piilossa, vaikka tyttö kuinka vannoi viattomuuttaan. Sisar tutki huoneen läpikotaisin, sängynalusia, kaappeja ja oventaustaa myöten, mutta ei vaan miestä löytänyt. Mutta sitten sisar hoksasi, että ikkunasta kävi veto. Verhojen takana ikkuna oli auki ja kun sisar kurkisti siitä ulos, mullassa näkyi miehen saappaitten jäljet. Mies oli karannut ikkunasta ulos, kun kuuli Armon sisaren äänen oven toiselta puolelta. Oli hypännyt suoraan kukkapenkkiin.

– Satuttiko se itsensä? kysyy tyttö kiinnostuneena.

– Ei tietenkään, tiuskaisee Eveliina. Multa oli pehmeää ja ikkuna matalalla. Eihän miehet tuommoisissa tilanteissa itseään satuta, tytöt vain. Tuokin tyttö tunnusti siten itkien syntinsä, mikäs siinä muukaan auttoi, kun kerran jalanjäljetkin olivat selvät ja kiikkiin oli jäänyt. Se katui taas ja teki parannuksen ja armonsisar järjesti sille jopa kunnon miehen. Mutta kun se jäi parin vuoden kuluttua leskeksi, se sortui taas syntiin ja päätyi lopulta porttolaan itseänsä myymään. Niin paha sillä oli veri ja niin lujan otteen oli perkele saanut sen sielusta.

Eveliina katsoo tyttöä, joka lepää vuoteellaan nuorena ja viattomana eikä sano mitään. Hän tuntee pienen piston omassatunnossaan.

– Naisen ruumis on arvokas, hän sanoo lempeämmin. Siksi jotkut sortuvat sitä myymään. Ei pelkkä siveettömyys ole syntiä. Myös rakkaudeton liitto on syntiä Jumalaa kohtaan. Ei pidä ottaa mieheksi jumalatonta, mutta ei myöskään sellaista, jota ei rakasta. Siksi minäkin odotin niin kauan, ennen kuin menin naimisiin ja ehkäpä siksi Aurora ei koskaan miestä ottanut. Ei se ole mikään pakko. Älä Riina heitä pois enkeliäsi, sitä kun kuuntelet, vältyt pahemmilta virheiltä. Lauletaan vielä virrenvärssy ja pannan sitten maata.

Eveliina laulaa vanhalla särisevällä äänellään "Mä taimi olen sun tarhassas ja varten taivasta luotu" ja tyttö laulaa hiljaa hänen mukanaan.

Aamulla Eveliina kuulee Vienon utelevan tytöltä, miten heillä on ilta ja yö sujunut mökissä kahdestaan.

– Ihan kivaa meillä oli, sanoo tyttö. Mummo kertoili minulle nuoruudestaan. Tiesitkö, että sillä on ollut kamalasti ihailijoita?

– Sitähän se aina jaksaa kehua, tuhahtaa Vieno.

– Se selitti myös avioliiton onnen salaisuutta, sanoo tyttö.

– Vai niin, sanoo Vieno.

– Mummo kertoi myös Armon sisarista ja langenneista naisista. Mä en koskaan olisi arvannutkaan, että hyväntekeväisyyshommat voi olla noin jänniä. Mä luulen, että mä voisin isona ruveta kanssa tekemään jotain tollasta auttamistyötä. Jos opiskelisin sosiaalialaa ja menisin töihin vaikka prostituoitujen tukipisteeseen, vouhottaa tyttö innoissaan.

Vieno nipistää huulensa tiukasti yhteen eikä sano sanaakaan. Heti tytön mentyä pihalle kirjoineen hän kiirehtii Eveliinan kamariin.

– Mitä se äiti nyt oikein rupeaa lapselle langenneita naisia kertomaan, hän nuhtelee vihaisena.

– Minä olen jo vanha, sanoo Eveliina tyynesti ompelukseensa syventyen. – Minulle kun tuota elämänkokemusta on jo ehtinyt kertyä liiankin kanssa. Eipä minulla tässä maailmassa muutakaan hyödyllistä tehtävää ole kuin kokemukseni perusteella jakaa tietoa ja elämänohjeita teille nuoremmille.

Eveliina vilkaisee tytärtä silmät suurina ja viattomina, mutta nähdessään Vienon kiukusta punoittavan naaman pahanilkinen hymy leviää tahtomattaankin hänen kasvoilleen.

– Sinullapas ei ihailijoita liiemmin ollutkaan, hän sanoo voitonriemuisena. – Et kuunnellut etkä totellut neuvojani ja jäit turhan vähälle ilolle elämässäsi. Vain tuon Markun onnistuit nappaamaan, ja senkin kanssa lankesit heti tyhmyyttäsi, niin että tyttö syntyi seitsemän kuukautta häiden jälkeen. Et voi tähän vastaankaan väittää.

– No en väitä, en, sanoo Vieno punaisena, mutta kiukkunsa hilliten. – Tytön saat nyt kumminkin luvan jättää rauhaan. En halua, että rupeat sekottamaan sen päätä elämänkokemuksiasi jakamalla. Ja Markku on varmasti samaa mieltä, jos sille tästä puhun. Kyllä niille koulussakin opetetaan nykysin kaikki arkaluontoiset asiat.

– Vaan eipä opeteta Jumalan rakkautta ja armoa siinä samalla, mutisee Eveliina itsepäisesti, mutta pelkää äkkiä liikaa tytärtään uskaltaakseen kunnolla puolustaa kantaansa. Ei ole ihmisen hyvä elää vanhana ja avuttomana toisten armoilla.

On hautovan kuuma hellepäivä. Tytär, vävy, tyttärentytär ja koiran roikale loikoilevat raukeina järven rannalla ja pulahtavat välillä veteen uimaan. Tytär on kantanut syötävää rannalle kieltäytyen valmistamasta kunnon ateriaa näin tukahduttavana päivänä. Eveliinaa ei raukaise. Veri kiertää vinhana hänen vanhoissa suonissaan, ja hän miettii innoissaan, mitä rupeaisi tekemään näin ihanana päivänä. Mieli tekisi ryhtyä leipomaan, mutta puuvajassa on leivinpuita valmiina kovin niukasti. Eveliina epäilee, ettei vävy suostu halkotöihin juuri nyt. Eveliina päättää lähteä marjaan. Mustikoitakin metsästä löytyisi jo jonkin verran, mutta salaisella mansikkapaikalla sato olisi juuri parhaimmillaan.

Eveliinalla on yllään hellesäälle sopiva pitkähihainen puuvillaleninki. Hän riisuu esiliinan yltään, sitaisee päähänsä huivin ja nappaa komerosta mukaansa marjakorin ja mukin.

– Ei sunkaan äiti näin kuumana päivänä ole metsään menossa, yrittää tytär laiskasti estellä. – Tulee vielä huono olo.

– Hyvä olo minulle tulee, tiuskaisee Eveliina. – Nyt on juuri sellainen päivä, jolloin metsässä on mukavinta kulkea. Minä voin mainiosti ja metsässä on tutut polut. Paremmin minä ne polut tunnen kuin sinä, ja itse omat marjapaikkani löydän.

Tytär kohauttaa olkiaan, ja Eveliina kipittää laihoilla harmaasukkaisilla säärillään rivakasti metsän uumeniin. Polut huvilatontin rajan takana ovat muuttuneet oudolla tavalla, kun seudulle on tullut lisää mökkejä ja autotie. Eveliina rämpii sisukkaasti ryteiköissä ja löytää lopulta vanhan tutun metsäpolun, jota pitkin ennen lähdettiin maitoa hakemaan. Metsässä on varjoisaa, mutta aukeammilla paikoilla aurinko paahtaa kuumasti. Eveliina poimii auringonpälvessä mustikoita, kunnes päätä alkaa pökerryttää kumarruksissa olo. Otsallekin kihoaa hiki. Hän istahtaa mättäälle hetkeksi lepäämään.

Olisi hauskaa tavata joku, hän ajattelee. Ei vaan tunnu olevan ketään liikkeellä, vaikka nykyisin marjastajia liikkuu metsässä liiankin kanssa. Kaikki kai ovat yhtä laiskoja kuin Vienokin tämän helteen takia ja lojuvat rannoilla. Tällaisessa tyhjässä suuressa metsässä voisi oikeastaan tavata kenet vain. Peikon, noidan, metsänhaltijan tai vaikkapa itsensä Jumalan.

Eveliina nousee mättäältä ja lähtee huohottaen kiipeämään mäkeä ylös ja taas rinnettä alas. Polku on niin umpeenkasvanut, että sillä sitä tuskin erottaa enää maastosta. Vaaran toisella puolen hän löytää vihdoin kohdan, josta alkaa toinenkin polku haarautua. Se on tie, joka vie lähelle hänen vanhaa mansikkapaikkaansa, ja se kulkee tasaisemmalla maalla kuusten varjossa.

Olisi mukavaa tavata Jumala, jatkaa Eveliina keskeytynyttä ajatustaan selvittyään poluista. Hän on kovin yksin tässä maailmassa, ja ajoittain on jo niin kova kaipaus Taivaan Isän syliin, pois tylyjen ihmisten luota. Taas polku haaraantuu, ja Eveliina huomaa hätääntyen, ettei muista, kumpaan suuntaan nyt pitäisi lähteä.

Äkkiä kuusten lomasta puikahtaa näkyville enkeli. Se on valkoisissa vaatteissa niin kuin enkelin pitääkin, ja valoakin se hohtaa enkelien tapaan, mutta muuten se on vähän erilainen kuin Eveliina olisi odottanut. Se on pieni ja laiha eikä paljon sen kummemman näköinen kuin tyttö siellä kotona. Samanlaiset isot totiset silmätkin sillä on, eikä siipiä erotu olenkaan. Enkeli tulee Eveliinan lähelle, hymyilee iloisesti ja viittaa Eveliinalle kädellään, että tämä seuraisi häntä kuusikkoon.

Eveliina empii hetken, mutta lähtee sitten seuraamaan enkeliä pois polulta. Jos sillä olisi isot valkoiset sulkasiivet, niin kuin enkeleille usein kuviin piirretään, ne takertuisivat kyllä pahan kerran kuusten alaoksiin ja pensaisiin. Samasta syystä kai se on ottanut niin pienen ja laihan hahmon, pääsee paremmin puikkelehtimaan täällä metsässä. Enkeli johdattaa Eveliinan nopeasti ja varmasti mansikkapaikalle.

Eveliina katselee ympärilleen hämmästyneenä. Aho on muuttunut osittain vesakoksi. Ei siellä kasva enää paljonkaan mansikoita vaan nuorta pajua ja leppää. Milloin hän täällä viimeksi kävi? Oliko siitä vuosi, kaksi vai enemmän? Eveliina kuljeskelee puunversojen välissä, noukkii muutaman mansikan maasta, mutta ei niitä paljoa kerättäväksi ole. Mansikka-ahoa ei enää ole olemassa.

Eveliina seisoo pettyneenä vesakossa. Kuuma ilma hänen ympärillään on jotenkin pysähtynyt, ja etäällä jyrisee ukkonen. On parasta lähteä kotimatkalle ennen ukkosen tuloa. Eveliina kiirehtii etsimään polkujaan kotiinpäin. Ukkonen jyrisee yhä lähempänä, eikä polun alkua löydy Eveliinan muistamasta suunnasta. Eveliinaa alkaa pelottaa, ja hän toteaa eksyneensä.

– Kuules nyt, Taivaan Isä, hän valittaa vihaisesti. – Näinkö sinä nyt kohtelet omaa lastasi? Sopiihan sinun jumalattomille jyristä vihaasi, se on minustakin ihan oikein, mutta mitä sinä minua säikyttelet? Minä olen vanha ja heikko ja eksynyt kaikilla näillä muutetuilla poluilla. Lähetä se enkeli takaisin auttamaan minua.

Vähän matkan päästä Eveliinasta kuuluu siipien kahahdus, kun jokin laskeutuu maahan. Eveliina katsoo sitä toiveikkaana, mutta se on vain metso.

– Linnunryökäle, tuhahtaa Eveliina ja muistaa sitten, ettei Herran enkelillä ollutkaan mitään siipiä, ei ainakaan näkyvissä. Minne se juutas oikein oli karannut? Hän katselee hämärtyvässä metsässä eri suuntiin, puolittain kiukkuisena ja puolittain peloissaan ja huomaa sitten enkelin pienen hahmon vieressään. Yhtä hiljaa ja arkana se siinä seisoo kuin tyttö siellä kotona, ja melkein kuin odottaisi Eveliinan käskyjä.

Enkeli katsoo Eveliinaa totisena ja lähtee sitten kulkemaan eteenpäin puoliksi maatuneella polulla. Eveliina lähtee hänen peräänsä, vaikkei enkeli kovin luotettavalta oppaalta vaikutakaan. Hän kompastelee vähän väliä, niin huono se polkukin on, ja lopulta enkeli vielä johdattaa hänet kokonaan pois polulta. Eveliina kaatuu, lyö jalkansa kipeästi kiveen ja itkee kompuroidessaan ylös.

– Vähä-älynen sinä olet enkeliksi, kun et tuon paremmin osaa minua suojella, hän kiukuttelee. – Ja minnekä sinä oikein minua nyt johdatat? Tokko tuota tiedät itsekään?

– Tule, sanoo enkeli, tarttuu kapealla kädellään Eveliinaa kädestä ja osoittaa toisella kädellään tiheään kuusikkoon. Hämmästys ja huikaiseva riemu täyttävät äkkiä Eveliinan sydämen. Enkeli aikoo viedä hänet Jumalan luo. Kolotuksensa ja kipunsa unohtaen hän kiiruhtaa enkelin kanssa kohti kuusikkoa minkä vain vanhoilta kintuiltaan pääsee. Hän tuskin huomaa, kun enkeli irrottaa otteensa ja katoaa. Eveliina kiirehtii vain kohti hämärintä metsikköä mieli täynnä odotusta, pelkoa ja iloa. Ukkonen jyrisee yhä lähempänä ja sade alkaa syöksyä kohinalla maahan.

Jumala tulee voimalla, ajattelee Eveliina ihastuneena hämärää metsää tuijottaen. Salamat leiskahtelevat yhä lähempänä. Yhtäkkiä suuri salama valaisee koko metsän Eveliinan ympärillä, ja sen valossa Eveliina näkee ranta-aukion, joka on täynnä kukkia. Siinä on kaikenvärisiä, kokoisia ja muotoisia kukkia ja myös isoja punertavia rikkaruohoja. Horsmia, tajuaa Eveliina hämmentyneenä. Villiintyneenä siellä rehottavat sekaisin ruusut, horsmat ja pionit, mutta nyt ne näyttävät kaikki niin kauniilta ja toisensa kaltaisilta, että pionia tuskin horsmasta erottaa. Rannalta nousee valkea puinen silta salmen toiselle puolelle. Siellä on tavallinen ranta, mutta puiden takaa häämöttää valkea kaupunki. Kaikki sen talot ovat valkoisia ja niiden puutarhat täynnä kukkia, hedelmäpuita ja marjapensaita. Talojen välissä kulkevat mukulakiviset kadut, ja keskellä kaupunkia kohoavat kirkkojen tornit ja kullatut kupolit ylös taivaan korkeuksiin. Sieltä nyt tulevat sillalle Eveliinan rakkaimmat omaiset, äiti, isä ja Joel, ja katsovat kaikki Eveliinaa. Äiti on juuri sellainen, millaisena Eveliina hänet parhaiten muistaa, pieni, pyöreä ja arkisen näköinen. Tumma harmaankirjava tukka on huolimattomalla nutturalla niskassa, jokunen suortuva ihan irrallaankin ja eikös vaan äidin arkimekossa ole sauma kainalon kohdalta vähän ratkennut nytkin. Luulisi äidin taivaan saleissa vähän hienommaksi muuttuneen. Äidin silmissä loistaa kuitenkin selvänä se rakkaus ja lempeä ymmärrys, joka maisessa elämässä yleensä peittyy arkisten askareiden taakse. Isän vanhuudenkumara varsi on suoristunut, ja isä näyttää taas yhtä kovalta ja ankaran tutkivalta, kuin ennenkin. Kun Eveliina katsoo häntä kauemmin, hän tajuaa äkkiä, että isän kovuuden alla oli aito pyrkimys totuuteen ja siihen, mikä oli hyväksi ihmiselle. Ja sitten Eveliina katsoo Joelia ja tuntee elävänä rakkauden, jota kuolemakaan ei voi katkaista. Joel on nuori, keski-ikäinen ja vanha, ja silti Joel on aina Joel, eikä muu sen rinnalla merkitse mitään.

Äiti, isä ja Joel seisovat sillalla puolivälissä salmea, katsovat Eveliinaa, mutta kukaan ei sano mitään. Sitten he kääntyvät ja palaavat siltaa pitkin takaisin valkoiseen kaupunkiin. Kaupungin kirkkojen ja linnojen kupolit loistavat hetken, ja sitten kaupunki ja silta salmen yli katoavat pois.

Eveliina seisoo yksin rannalla, ja häneltä pääsee itku.

– Eveliina, lapseni, sanoo joku. – Äläpä nyt suotta itke. Ei ole vielä sinun vuorosi muuttaa valkeaan kaupunkiin.

– Mutta minä tahdon mennä kotiin, Eveliina sanoo kiukkuisesti. – Ei minulla ole mitään tekemistä tässä maailmassa. Taivaan kotiin minä tahdon, äidin, isän ja Joelin luo. Ei täällä ole enää ketään, josta piittaisin.

– Aikasi ei ole vielä tullut, ja sinulla on tehtäväsi maan päällä vielä tekemättä, sanoo ääni.

Ja nyt Eveliina tajuaa, että häntä taitaakin puhutella itsensä Herra.

– Ei minulla ole enää mitään tehtävää, sanoo Eveliina surkeana. – Ei minua mikään täällä pidätä. Päästäisitte nyt minut jo Taivaan kotiin. Siellä ne on kaikki minulle rakkaat omaiset.

– Aikasi ei ole vielä tullut, sanoo ääni. – Suuren ikäväsi takia sait heidät nähdä, ja jotta pysyisit vahvana uskossasi. Ennen kuin voit liittyä heidän seuraansa, sinun on kuitenkin elettävä aikasi täyteen ja suoritettava tehtäväsi maan päällä valmiiksi. Jokaisella ihmisellä on oma tehtävänsä. Tutkipa mieltäsi kunnolla, niin löydät sen kyllä.

Eveliinaa on kauan vaiti. Hän ymmärtää, ettei tässä nyt muukaan auta kuin taipua taas kerran Herran tahtoon. Kovasti hänen on kamppailtava itsensä kanssa saadakseen nujerrettua uhmansa, mutta lopulta se onnistuu. Ja sitten on vielä pitkään tuumattava, mikä hänen tehtävänsä nyt sitten voisi olla. Tämä on taas niitä hetkiä hänen elämässään, jolloin Herran tahdon seuraaminen pistää hänen luontonsa liiankin lujille.

– Olen jättänyt lapseni ja lapsenlapseni tielle, joka vie eroon sinusta, hän sanoo lopulta hiljaa. – Vaan eihän ne minua kuuntele, höperönä kiusankappaleena pitävät.

– Yritä uudestaan, sanoo Herra. – Äläkä välitä, jos he sen takia sinua parjaavat, ihmiset ei pidä siitä, että niiden mielenrauhaa häiritään. Siinähän sinulla nyt on tehtävä. Luotan siihen, että täytät se parhaasi mukaan.

Metsän yläpuolella tummat violetit pilvet syöksyvät sivuun ja valo lankeaa maahan kirkkaana. Osa puista muuttuu valkeiksi enkeleiksi, ja puut ja enkelit alkavat laulaa yhdessä. Sitten joukosta erkanee yksi ja tulee Eveliinan luo. Se on hänen oma enkelinsä, mutta nyt se ei enää ole pieni ja siivetön, vaan yhtä loistava, ihmeellinen ja suuri kuin kaikki muutkin enkelit.

– Minä pysyn luonasi loppuun asti ja sen ylikin, vaikket minua yleensä näekään, sanoo enkeli. Yhdessä mennään sitten Valkeaan kaupunkiin. Mennään vaikka laivalla.

Valo loistaa yhä kirkkaampana, ja metsän ja enkelten laulu muuttuu pauhuksi, kunnes Eveliina näkee ja tajuaa jotain, jota ei ole ja sittenkin on. Eveliinaa huimaa, hän horjahtaa, hakee tukea puusta ja sitten kaikki pimenee hänen silmissään.

Sade on tauonnut ja ukkonen häipynyt, kun Eveliinaa havahtuu mättäällä kirkkaaseen auringonpaisteeseen. Märkänä ja ryvettyneenä hän kömpii varovasti pystyyn ja alkaa keräillä mukista maahan kaatuneita marjoja. Multaa ja sammalta tulee väkisinkin mukaan, mutta kaipa ne kotona voi puhdistaa. Olo on aika hutera, mutta hämmentynyt riemu roihuaa hänen mielessään ja valaisee kaiken, mitä hän tekee. Päätä huimaa aika lailla, ja kumminkin tie kotimökille olisi vielä löydettävä.

– Siellähän se äiti on, kuuluu samassa Vienon helpottunut ääni ihan läheltä. – Me ollaan oltu kamalan peloissamme, ja heti ukkosmyrskyn jälkeen juostu täällä pitkin ja poikin metsää sinua huutelemassa.

Hän katsoo äitiään moittivasti ja huomaa sitten tämän märät ja sammalensekaiset vaatteet ja pöllämystyneen ilmeen.

– Ei kai sulle vaan ole sattunut mitään? hän kysyy hätääntyneenä ja tarttuu äitiään tueksi käsipuolesta. – Kastunut sateessa ainakin pahan kerran, ja näköjään myös kaatunut. Ei sinun olisi pitänyt lähetä näin kauas yksin ja vielä juuri ukkosen alla. Me luultiin, että olet mennyt Rytkölän taloon ukkosta pitämään, kun ei alkanut kuulua. Et sitten ollutkaan siellä?

– Onko täti kunnossa? Kyselee vävykin tarttuessaan Eveliinaa toisesta käsipuolesta.

Koira kiertelee ympärillä häntä huiskien.

– Kyllä tämmösten omapäisten juoksujen on nyt loputtava. Eveliina-tädin pitää kertoa meille, mihin aikoo mennä ja mitä tietä palata ja tehdä se hyvän sään aikaan. Täti on tuottanut meille nyt ihan tavattomasti huolta. Ei meidän olisi pitänyt päästää sinua yksin helteellä metsään. Oletko sinä kunnossa, sano nyt. Kai sinä meidät sentään tunnet?

– No, mikä etten nyt teitä tuntisi, tokaisee Eveliina, ja sitten riemukas hymy leviää hänen kasvoilleen.

– Minä näin Jumalan, hän sanoo vähääkään välittämättä moitteista ja motkotuksista. – Minä olen Herran lapsi, ja sain nähdä Jumalan.

Tytär ja vävy vilkaisevat toisiaan välissään taluttamansa pienen ja uupuneen Eveliinan pään yli. Eveliina on niin väsynyt, että he melkein joutuvat häntä kantamaan.

– Missä sinä Jumalan näin? kysyy tytär varovaisesti.

– No tuolla entisen ahon lähellä, selittää Eveliina – Ja näin myös äidin, isän ja Joelin. Ne eivät saanet vielä puhua, mutta ne näkivät minut ja selvästi jo odottivat minua. Ja veden takana oli valkea kaupunki, ei mikään tavallinen kaupunki, mutta jotakin sen näköistä. Sieltä ne tulivat, ja sinne minäkin pian menen. Ja sitten, kun se kaupunki katosi, metsä oli äkkiä täynnä enkeleitä, ja ne veisasivat niin kauniisti, että vallan pyörryin ilosta.

– Vai sellaisia sinä näit ja koit, sanoo Vieno hiljaa ja tiukentaa otettaan Eveliinan käsivarresta, niin että siihen melkein sattuu.

Omasta enkelistään Eveliina ei kerro heille, eikä myöskään siitä, että horsmat pääsevät taivaaseen.

Vaitonaisena he saapuvat viimein huvilalle. Tytär auttaa Eveliinaa vaihtamaan kuivan leningin päälleen, hieroo Eveliinan jalat kuiviksi ja vetää tälle kuivat sukat jalkoihin. Sitten hän kehottaa tätä lepäämään rauhassa huovan alla jonkun aikaa.

– Jo minä siellä metsässä lepäsin, vastustelee Eveliina.

– Pitäisi ne mansikatkin siivota, etteivät vallan haaskaannu.

Vieno lupaa, että tyttö huolehtii marjoista, peittelee Eveliinan paremmin ja sulkee kamarin oven perässään. Eveliina huokaa syvään huojennuksesta. On hyvä maata ihan hiljaa rauhassa ja miettiä kaikkea sitä ihmeellistä, mitä hänelle on tapahtunut.

– Se on saanut jonkin kohtauksen ja pökertynyt kuusen alle, sanoo vävy. – Se siitä tulee, kun itsepäisiä vanhuksia päästetään yksin harhailemaan ja eksymään metsään.

En minä kenenkään vapautta tahtoisi rajoittaa, mutta Eveliina on liian vanha ja vastuuton tekemään enää oman tahtonsa mukaan.

– Mummohan kertoi, että se tapasi Jumalan, sanoo tyttö.

– Sillä on vaan räpsähtänyt joku verisuoni päässä, toteaa Vieno kolkon murheellisena. – Kuumuudesta ja liiasta rasituksesta saanut sairaskohtauksen metsässä. Aivoissa jotain ratkennut. Sen takia se niin kummia puhellee, on rukka ihan sekasin vieläkin.

– Ainahan mummo puhuu Jumalasta, vastustelee tyttö vieläkin. – Entä jos se tosiaan näki jotakin?

– Oos nyt tyttö hiljaa ja rauhoitu, tiuskaisee vävy. – Ja lopeta nuo turhat höpinät. Nyt katsotaan lähinnä sitä, pitäisikö mummo viedä sairaalaan vai toipuuko se tuosta vielä tolkkuihinsa. Voit olla iloinen siitä, ettei se yksinänsä sinne metsään nyt kumminkaan kuollut.

– Mummo on jo vanha ja muutenkin höperö, sanoo Vieno lempeämmin. – Aivot ei toimi enää normaalioloissakaan tavallisella tavalla. Kun niihin tulee tuommosia isompia vikoja ja häiriöitä, se aiheuttaapi kaikenlaisia näkyjä ja muuta sekavuutta. Kyllä mummo varmasti vielä piristyy ja unohtaa nuo turhat houreensa. Mene sinä vain siivoamaan sen mansikat roskista, niin se ilahtuu, jos muistaa niitä myöhemmin kysyä.

Eveliina makaa huoneessaan peiton alla ja kuuntelee heitä. Pari suurta kyyneltä kierähtää hänen muutenkin vetistävistä silmistään ryppyisille poskille, mutta sitten hän tuntee enkelin läsnäolon.

– Miksi itket, Eveliina? kysyy enkeli. – Eikö se ole onnellinen, joka saa nähdä Jumalan?

Eveliina vavahtaa. Sanan mukaan vain puhdassydämiset saavat nähdä Jumalan. Eikä hänen sydämensä ole puhdas. Hän etsii totisella innolla ja yrittää parhaansa mukaan rakastaa lähimpiään, mutta kyllä hän tietää olevansa ilkeä vanha eukko, ilkeä, höperö ja pahansisuinen. Vaan entäpä, jos Herra näkee hänen sydämensä toisin?

– Älkää välittäkö, jos ihmiset teitä minun tähteni parjaavat ja valhetellen puhuvat teistä kaikenlaista pahaa, sanoo enkeli.

Eveliinaa huokaa mielessään. Enkeli on oikeassa, mutta mitä hän pystyy noille tekemään? Kuinka hän osaisi noille kuvata Jumalan? Ei kukaan ole koskaan osannut kunnolla kuvata Jumalaa. Ei riitä ihmisellä mieli eikä kieli Jumalan kuvaamiseen vaan kaikki yritykset jäävät hatariksi kuin pikkulapsen piirros ihmisestä. Ja sen, minkä hän puhuu, ne kuittaavat muutenkin vanhuuden houreena. Kivinen ja kova on hänen työnsä oleva tyttären ja vävyn suhteen, mutta tytössä tuntuu olevan sentään hiukkasen uskonsiementä. Ehkä hän edes tytön onnistuisi johdattamaan Jumalan tielle, ennen kuin hänen oma aikansa olisi täysi. Eveliinan suu lientyy hetkeksi hellään hymyyn. Tytöstä hän piti ja halusi auttaa tätä saavuttamaan saman onnen ja rakkauden, jota itse oli vaikeimpinakin hetkinä saanut uskonnon avulla. Ja itse hän tiesi, mitä oli nähnyt ja kokenut.

Eveliinan silmät painuvat umpeen, hän nukahtaa enkelin läsnäolon rauhaan ja näkee unessa uudestaan sen, minkä äsken metsässä. Hetken kuluttua tytär hiipii hiljaa huoneeseen ja jää ääneti seisomaan hänen vuoteensa viereen.

Vanha hupsu äitirukka, hän ajattelee ja tuntee sydämensä käpristyvän säälistä ja kiukusta. Äidin ohenneet harmaanvalkeat hapset levittäytyvät tyynylle, ja peiton alle käpristynyt hahmo on pieni ja hento kuin linnunpojalla. Kovin pieneksi äiti oli käynyt näinä viime vuosina. Kaipa se pian olisi jonnekin laitokseen toimitettava, niin kuin sisarukset jo pitkään olivat vaatineet. Siellä se kai sitten vain makaisi vuoteessaan, kunnes vähitellen kuihtuisi pois. Hän tuntee kipeän möhkäleen kurkussaan, mutta onnistuu tahdonvoimallaan sen nielaisemaan. Kaikki ihmiset kuolevat aikanaan. Ja ennen kuolemaansa ne tulevat vanhoiksi ja höppänöiksi, kadottavat muistinsa ja saavat kaikenlaisia räpsähdyksiä, sellainenhan se nyt kerta kaikkiaan oli ihmisen osa. Niin kai hänelle itselleenkin sitten aikaa myöten tapahtuisi. Jumala-näkyjä ja höpinöitä taivaan kodista hänen vanhuuden houreisiinsa ei kuitenkaan taatusti tulisi sekoittumaan, ja sitä oli sentään helpotus ajatella. Säilyisi edes hitunen arvokkuutta.

Mutta vanhan poljettavan Singerin kannella istuu enkeli ja katsoo Vienoa mietteliäänä.